CW00421684

Yogi Ramac
(William Walker Atkinson)

La Bhagavadgītā

Il Libro Sacro

Per questo libro non si reclamano i diritti d'autore

INTRODUZIONE
di Barbara Lancellotti

Questo libro è il testo fondamentale della religione Indù un caposaldo dell'ispirazione per tutti coloro che sono alla ricerca della conoscenza e della realizzazione spirituale.

La Bhagavadgītā significa letteralmente "Il Canto di Dio", Dio è senza fine, è la coscienza che ci guida.

La Bhagavandgita ha in sé condensato la verità su tutta l'umanità, parla di gioia, è il libro più ispirante del Mondo.

La Bhagavandgita è un'altissima opera di poesia sanscrita. Questo antico testo indiano parla della ricerca di serenità, calma e permanenza in un mondo di rapidi cambiamenti e di come integrare i valori spirituali nella vita ordinaria.

Nella Bhagavandgita Krishna svela i suoi insegnamenti durante una battaglia. La trama è basata su due gruppi di cugini Pandava e Kaurava, che competono per il trono. Gli eserciti di questi due clan si incontrano su un campo di battaglia, la vittoria dirà quale parte conquisterà il trono. Questa battaglia si svolge a Kurukshetra, "il campo del Kurus", nello stato moderno di Haryana in India.

Arjuna, il grande arciere e leader dei Pandava, è un membro della casta Kshatriyas (la casta dei governanti guerrieri). Scrutando i suoi avversari si accorge che tra loro ci sono amici, parenti, ex insegnanti per questo capisce che il controllo del regno non vale il sangue di tutti i suoi cari. Emozionalmente sopraffatto, Arjuna si lascia cadere, mettendo da parte arco e frecce e decide di non combattere, preferisce ritirarsi. Con lui c'è il suo autista di carro è il Dio Vishnu, che ha assunto la forma di Krishna. Krishna vede Arjuna deporre le armi e inizia a persuadere Arjuna che dovrebbe attenersi al suo dovere di guerriero e combattere. La *Bhagavad Gita* è la conversazione tra Arjuna e Krishna, un uomo e un dio, un ricercatore e un conoscitore.

Questa è l'interpretazione di William Walker Atkinson, un giurista e filosofo statunitense che ha divulgato la cultura induista in occidente. E' stato uno tra i primi divulgatori in occidente degli insegnamenti dello *Yoga*, particolarmente nelle tredici opere scritte, come questa, sotto lo pseudonimo di Yogi Ramacharaka.

William Walker Atkinson (Baltimora, 1862 – Los Angeles, 1932) è stato un giurista e filosofo statunitense

LA BHAGAVADGĪTĀ

PARTE I
LA TRISTEZZA D'ARJUNA

Così disse Dhrtarāstra, re dei Kuru, al fedele Sañjaya:
Parlami, o Sañjaya, del mio popolo e dei Pāndava, schierati in ordine di battaglia sulla pianura dei Kuru! Che cosa stavano facendo?

Sañjaya: Tuo figlio Duryodhana, comandante delle tue schiere, allorché vide l'armata dei Pāndava disposta per la guerra e il combattimento, si avvicinò al suo precettore Drona, figlio di Bharadvāja, dicendo- gli:Guarda, o Maestro, il potente esercito dei figli di Pāndu, costituito da valenti ed arditi guerrieri, e co- mandato dal tuo antico allievo, cioè dall'astuto ed abile figlio di Drupada.

Osserva come, raccolti insieme nelle schiere che ci fronteggiano, stiano potenti guerrieri nei loro carri di battaglia. I loro nomi sono sinonimi di valore, forza e sagacia. E dalla nostra parte, radunati sotto il mio comando, stanno i più grandi guerrieri del nostro popolo, eroi, pieni di valore e d'esperienza, ognuno dei quali è ben armato con le sue armi favorite e prontissimo a farne uso: tutti devoti a me ed alla mia causa, nonché desiderosi ed ansiosi di rischiare la loro vita e rinunziare ad essa per amore verso di me. Ma, ahimè, o Maestro, questo nostro esercito, sebbene valorosissimo e comandato da Bhīsma, mi sembra insufficiente e troppo debole, mentre quello nemico comandato da Bhīma e che sta minacciosamente schierato dinanzi a noi, mi pare sia più forte e numeroso. Stiano perciò pronti tutti i capitani del mio esercito agli ordini di Bhīsma, ad aiutarlo e proteggerlo bene da ogni pericolo.

Allora Bhīsma, l'antico capo dei Kuru, soffiò nella sua grande conchiglia, la quale diede un suono come il ruggito del leone, allo scopo di risvegliare gli spiriti ed incoraggiare i Kuru. Ed in risposta a tale appello, suonarono contemporaneamente innumerevoli altre conchiglie e corni, tamburi e tamburelli, come pure altri strumenti di musica bellica, dimodoché il suono divenne tumultuoso ed eccitò i cuori dei Kuru ad ardite e valorose imprese. In replica a ciò e come potente sfida, suonarono gli strumenti delle armate dei Pāndava.

Nei loro grandi carri da guerra, adorni di oro e di pietre preziose, tirati da destrieri bianchi come il latte, Krsna, incarnazione di Dio, e Arjuna, figlio di Pāndu, fecero risuonare le loro conchiglie da guerra e l'aria fremé per tali vibrazioni. E tutto il resto del potente esercito dei Pāndava si unì alla sfida, e i più forti guerrieri diedero e ridiedero fiato ai loro strumenti, fino a che il rumore divenne violento come quello del tuono ed il suolo echeggiò ritmicamente. E le armate dei Kuru rimasero affrante e sgomente.

Arjuna, vedendo che le armate dei Kuru erano in procinto di iniziare la lotta e che già le frecce in- cominciavano a solcare l'aria, sollevando il suo arco, così parlò a Krsna, il Dio che stava accanto a lui nel carro: O Krsna, conduci – ti prego – il mio carro in un punto situato fra le due armate nemiche, in modo ch'io possa dirigere il mio sguardo sugli uomini delle armate dei Kuru, che stanno per dare inizio a questa sanguinosa battaglia, e contro i quali io debbo combattere. Fa' ch'io possa guardare i miei nemici, i seguaci del malvagio e vendicativo comandante dei Kuru!

Allora Krsna portò il carro, su cui si trovavano egli stesso ed Arjuna, in uno spazio posto fra i due eserciti contendenti, dopodiché Krsna invitò Arjuna ad osservare attentamente l'esercito nemico dei Kuru epoi i volti dei suoi amici, l'armata dei Pāndava. Ed Arjuna, guardando, vide schierati da ambedue le parti avi, zii, cugini, tutori, figli e fratelli. Continuando a guardare, egli vide ancora parenti stretti ed amici cari. Perso-ne amate, benefattori, compagni di gioco e molti altri il cui benessere gli stava a cuore, egli si vide di frontein atto d'incominciare il combattimento. E così pure, dietro a lui, in attesa della parola per gettarsi nella lizza, stavano altri suoi congiunti, sia per sangue che per amicizia.

Nel vedere ciò, Arjuna fu vinto da tristezza. Compassione, pietà, compunzione, abbattimento e mesti- zia invasero il suo cuore e, sospirando profondamente, egli disse in tono accorato a Krsna, che stava al suo fianco nel carro: O Krsna, ora ch'io scorgo le facce e le forme dei miei parenti ed amici, schierati gli uni contro gli altri ed in atto d'eccitarsi per la tenzone, mi viene meno il cuore. Le mie gambe tremano; le mie braccia si rifiutano d'obbedirmi; la mia faccia agonizza; la pelle mi brucia come se avessi la febbre; i capelli mi si rizzano sulla fronte; la mia intelligenza vacilla; tutto il mio corpo è compreso d'orrore; l'arco mi scappa dalle mani.

Cattivi presagi riempiono l'aria e strane voci mi pare di sentire attorno a me, cosicché mi trovo pieno di confusione e d'indecisione. Quale bene può venirmi dall'uccisione dei miei parenti ed amici? Io non desidero la gloria della vittoria, o Krsna. E neppure bramo regni o dominio, né cerco godimenti e piaceri, mentre la stessa vita non ha interesse per me. Queste cose mi appaiono vane e indesiderabili al più alto grado quando coloro per i quali le si agognava abbiano abbandonato la vita e tutto il resto.

Tutori, figli e padri; nonni e nipotini; zii e nipoti; cugini e parenti tutti; amici, camerati e compagni stanno dinanzi a me in attesa delle mie frecce. Anche se essi desiderino di uccidermi; anche se possano effet- tivamente togliermi la vita, io non voglio ammazzarli, neanche se mi fossero date in premio le tre grandi regioni dell'universo; tanto meno, dunque, per la piccola cosa che noi chiamiamo terra o per gli ancor più piccoli regni che si trovano in essa.

Se io uccidessi i miei parenti, i figli di Dhrtarāstra, quale felicità o piacere ce ne verrebbe, o grande Krsna? Se li distruggessimo, il rimorso sarebbe il nostro compagno per tutta la vita. Perciò mi sembra indubitabile che noi dobbiamo astenerci dall'ammazzare questi nostri congiunti, poiché come potremmo poi essere felici se ci rendessimo colpevoli della distruzione di coloro che fanno parte della nostra razza?

Non è permesso a noi, che vediamo le cose in questo modo, l'affermare che gli altri sono così depravati ed assetati di sangue da non scorgere alcun male nell'uccidere i loro parenti ed amici. Può un talepretesto essere per noi, che conosciamo meglio le cose, una giustificazione per commettere un simile orrore? Ci è stato insegnato che nell'annientamento d'una famiglia l'antica virtù della famiglia stessa è distrutta, e nella distruzione della virtù e delle tradizioni d'un popolo il vizio e l'empietà sommergono tutta larazza. Così le donne di famiglia possono corrompersi e la purezza del sangue svanire.

Quest'adulterazione del sangue impedisce l'adempimento delle cerimonie dei riti dovuti agli antenati secondo i nostri antichi costumi, e gli antenati stessi, se gli insegnamenti popolari rispondono al vero, dovrebbero piombare in uno stato di miseria e d'infelicità.

In tal modo, per i delitti di coloro che distruggono i loro congiunti, è resa possibile una dolorosa contaminazione della virtù e della gloria familiari, e gli avi della razza subiscono grande mortificazione, pena e degradazione, come in quanto popolo ci è stato insegnato fino dall'infanzia, o Krsna.

Guai a me! Guai a noi che ci accingiamo a commettere l'orribile delitto di assassinare costoro che sononostri parenti ed appartengono alla nostra stessa razza, e ciò per la bagattella del dominio e per la sete del potere! Piuttosto che commettere questo esecrando delitto contro i miei parenti, esporrò il mio petto alle armi dei Kuru, lascerò che essi bevano il mio sangue, getterò le armi ed attenderò senza resistere al loro urto. Sarà senza dubbio molto meglio per me! Misero me e miseri noi tutti!

Dopo aver parlato così, Arjuna si lasciò cadere sul sedile del suo carro, e sedendo gettò via il suo arco ele sue frecce, e, prendendosi la testa fra le mani, si abbandonò alla tristezza, allo scoraggiamento ed al dolore che consumavano il suo cuore.

PARTE II
LA DOTTRINA INTERIORE

Krsna, il Beato, pieno d'amore, di compassione e di pietà per Arjuna, che era immerso nel dolore e nella tristezza e con gli occhi inondati di lacrime, così parlò a quest'ultimo:

Perché, o Arjuna, ti lasci così vincere dallo scoraggiamento mentre ti trovi sul campo di battaglia? Questa follia e questa vile debolezza sono oltremodo vergognose e contrarie al tuo dovere, poiché indeboliscono le basi dell'onore. Non cedere a tale vile debolezza, giacché essa non si confà a te, che sei stato chiamato il «Tormentatore dei suoi nemici». Caccia da te quest'ignobile follia e mostrati coraggioso e risoluto, o Conquistatore dei Nemici!

ARJUNA: Ahimè, o Krsna, come posso io attaccare con gli strali della battaglia uomini degni ed onorati come Bhīsma e Drona, i quali sono meritevoli di tutto il mio rispetto? Come posso fare, o Signore, una cosa così abominevole? Meglio varrebbe per me nutrirmi della crosta secca ed insipida del mendicante cencioso che essere lo strumento di morte di questi nobilissimi e venerandi uomini che furono i miei precettori e maestri! Se dovessi uccidere costoro che cercarono il mio bene, in verità non mi renderei partecipe che di ricchezze, possessi e piaceri tinti di sangue: orrido festino di fronte al quale il pane secco del mendicante sarebbe immensamente più nobile e degno.

Non posso sapere se per me sarebbe meglio essere il vinto o lo sconfitto, perché non desidererei vivere dopo aver causato la morte di coloro che sono schierati contro di noi – miei parenti e amici – i figli e sudditi del re dei Kuru Dhrtarāstra, che ora ci affrontano in aspro assetto da battaglia.

La pietà mi fa quasi venir meno, e la mente mia vacilla di fronte al problema che le si presenta. Qual è per me la giusta azione, qual è il mio dovere? O beatissimo Krsna, mio Signore, risolvi tu questi gravi problemi; dimmi cos'è giusto. Io, tuo discepolo ed alunno, domando i tuoi lumi in quest'ora di terribile necessità.

Sono così confuso che la mente mi si confonde circa il dovere da compiere in questa circostanza, e non posso trovar niente che sia capace di calmare la febbre della mia mente, che inaridisce tutte le mie facoltà. Anche se mi fosse possibile conquistare, sulla terra, un regno che superasse tutti gli altri regni terrestri come il sole supera i pianeti; non solo, se anche dovessi ottenere il comando delle armate celesti, il mio dolore non rimarrebbe perciò minimamente alleviato.

No, no, non voglio combattere, non voglio combattere.

Dopo aver detto queste parole, Arjuna rimase silenzioso.

Ma Krsna, sorridendo nel più tenero dei modi al principe che, con lo spirito abbattuto, stava in mezzoai due eserciti, gli parlò nella maniera seguente:

Ti addolori per coloro che non abbisognano del tuo dolore, o Arjuna; tuttavia, le tue parole non sono quelle degli sciocchi, ma portano con sé i semi della saggezza. Esse però esprimono solo la saggezza esteriore, ma non mostrano il fiore della dottrina intima del saggio. Sono vere; tuttavia, non completamente vere. Sono mezze verità, ma la metà mancante è la parte più profonda.

Il vero saggio non si addolora né per i morti né per i vivi. Come il prode non teme né la morte né la vita, così il saggio evita di addolorarsi sull'una o sull'altra, sebbene colui ch'è saggio per metà faccia questo o per l'una o per l'altra, oppure per entrambe, a seconda del temperamento e delle circostanze.

Sappi, o principe dei Pāndava, che non vi fu mai un tempo in cui Io, o tu, o qualche altro di questi principi della terra non fosse; né verrà mai un tempo in cui qualcuno di noi cesserà di essere.

Come l'anima, rivestita di questo corpo materiale, sperimenta gli stadi dell'infanzia, della giovinezza, della virilità e della vecchiaia, così, quando sarà tempo, passerà ad un altro corpo, ed in altre incarnazioni rivivrà, si muoverà e rappresenterà la sua parte. Coloro che hanno conseguito la saggezza della dottrina interiore sanno queste cose, e non si lasciano commuovere da nulla in questo mondo di mutazioni; per costoro la vita e la morte non sono le ultime parole, ed ambedue sono soltanto aspetti superficiali dell'Essere più profondo.

I sensi, mediante le loro appropriate facoltà mentali, ti procurano sensazioni di freddo e di caldo, di piacere e di dolore. Ma queste cose vanno e vengono; esse sono mutevoli, transitorie ed incostanti. Sopportale con equanimità, coraggiosamente e pazientemente, o Principe, perché in verità ti dico che l'uomo per cui

queste cose hanno cessato d'essere un tormento; che sta saldo; che non è disturbato né da piaceri né da dolori, ed al quale tutte le cose sembrano indifferenti; costui, ti dico, è sulla strada dell'immortalità. Ciò ch'è irreale non ha ombra alcuna dell'Essere Reale, malgrado l'illusione dell'apparenza e della falsa nozione. E ciò che ha Essere Reale non ha mai cessato d'essere, non può mai cessare d'essere, ancorché sembri il contrario.

I saggi hanno indagato queste cose, o Arjuna, ed hanno scoperto la vera essenza ed il significato intimo delle cose.

Sappi che l'Assoluto, il quale pervade tutte le cose, è indistruttibile. Nessuno può operare la distruzione di quel che non può perire. Questi corpi, che fungono da rivestimenti per le anime che li occupano, non sono che cose finite e momentanee, e non sono affatto l'Uomo Reale. Essi periscono come periscono tutte le cose finite. Lasciamo-li andare. Coraggio, o Principe dei Pāndava; ora che sai queste cose, preparati a combattere!

Colui che nella sua ignoranza pensa: «io uccido» o «vengo ucciso», chiacchiera come un bambino a cui mancano i lumi della conoscenza. In realtà, nessuno può uccidere e nessuno può essere ucciso.

Accogli nel tuo intimo questa verità, o Principe! In effetti, l'Uomo Reale, lo Spirito dell'uomo, non è nato né può morire. Non nato, non mortale, antico, perpetuo ed eterno, è durato e durerà per sempre. Il corpo può morire, essere ammazzato, completamente distrutto; ma colui che l'ha occupato rimane illeso.

Come può un uomo, il quale è a conoscenza della verità che l'Uomo Reale è eterno, indistruttibile, superiore al tempo, al cambiamento ed all'accidente, commettere la follia di credere di poter uccidere o far uccidere oppure essere ucciso lui stesso?

Come uno che si disfà dei suoi vecchi abiti sostituendoli con altri nuovi e più belli, così anche l'abitante del corpo, dopo avere abbandonato la sua vecchia casa mortale, va ad abitare in altre nuove e pronte per riceverlo.

Le armi attraversano e non tagliano l'Uomo Reale, il fuoco non lo brucia, l'acqua non lo bagna, il vento non lo asciuga né lo disturba col suo soffio, giacché egli è intangibile e impenetrabile a queste cose appartenenti al mondo del cambiamento; è eterno, permanente, immutabile ed inalterabile. Egli è "reale".

Nella sua essenza è immutabile, impensabile, inconcepibile, inconoscibile; perché, dunque, ti lasci infantilmente sopraffare dal dolore?

Se per caso non credi a queste cose, e vivi nell'illusione della credenza nella nascita e nella morte quali realtà, allora – ti dovresti chiedere – perché ti lamenti e ti addolori? Giacché, se quest'ultima alternativa è vera, è certo che tutti gli uomini come sono nati così debbono morire; quindi, perché accorarsi perciò ch'è inevitabile?

Per coloro ai quali fa difetto la saggezza interiore, non vi è alcuna nozione riguardo a donde veniamo e dove andiamo; essi sanno solo quel che avviene nel momento. Per quale motivo, allora, dovrebbero preoccuparsi per quella o per questa cosa; ed a che cosa servirebbero i loro lagni?

Alcuni hanno grande curiosità d'apprendere qualche cosa attorno all'anima, mentre altri sentono parla- re e parlano di questa con incredulità e mancanza di comprensione. E nessuno, con l'intelletto mortale, comprende realmente il mistero né lo conosce nella sua vera ed essenziale natura, malgrado tutto quanto se ne sia detto, insegnato e pensato.

Quest'Uomo Reale che dimora nel corpo, o Arjuna, è invulnerabile al male, alle ferite ed alla morte; quindi, perché ti preoccupi ancora per tale cosa?

Sarebbe, invece, molto più degno di te, o Principe della Casta Guerriera, se tu cercassi di compiere il tuo dovere virilmente e risolutamente. Il dovere d'un soldato è di combattere, e di combattere bene. E la ricompensa per il dovere ben compiuto è lo schiudersi del cielo che si confà alla tua specie, la qual cosa è possibile solo a guerrieri che siano stati così fortunati da poter prendere parte a un combattimento glorioso, giusto e leale, a cui siano stati costretti per necessità di cose.

E se ti rifiuti di combattere e non ottemperi al tuo giusto dovere con le armi, commetti certamente un grave delitto contro il tuo onore, i tuoi obblighi ed il tuo popolo.

E gli uomini lo considereranno soltanto come tale e racconteranno i tuoi delitti in termini di perpetuo disonore, e per persone come te, o Principe, gli spasimi della morte sono preferibili ai rimproveri per una simile onta. I generali dell'esercito crederanno che tu abbia disertato il campo per un senso di codardia; coloro che finora ti hanno tenuto in alto conto, avranno aborrimento e disprezzo per te. Anche i tuoi nemici parleranno di te in termini vergognosi con lazzi e scherni per la tua mancanza di forza e di coraggio; ora, che cosa potrebbe essere più penoso di questo per uomini come te?

Se ti accade di morire in battaglia, il cielo dei guerrieri sarà il tuo premio; se tu esci vittorioso dalla lotta, le gioie della terra ti attendono. Per conseguenza, o Principe dei Pāndava, alzati e combatti!

Senza preoccuparti di ciò che ti avverrà: sia dolore o piacere, perdita o guadagno, vittoria o sconfitta, giacché il tuo compito è di far questo nel migliore dei modi, preparati dunque alla battaglia, a tale tuo puro e semplice dovere!

Sappi, o Arjuna, che in queste mie parole è stata esposta innanzi alla tua mente la dottrina che tratta della filosofia speculativa della vita e dell'essere. Ora, sii pronto a ricevere gli insegnamenti dell'altra scuola: ivi troverai il modo di liberarti dai vincoli dell'azione e d'affrancarti per sempre da questi.

In ciò non vi è perdita né spreco di forze, e neppure pericolo di trasgressione, poiché anche una piccola parte di questa conoscenza e pratica libera l'uomo da gran paura e pericolo, non essendovi in questo ramo di conoscenza che un solo oggetto su cui la mente si possa in modo sicuro concentrare.

Molti sono coloro che, rimanendo paghi della lettera degli scritti e degli insegnamenti spirituali, dei quali non riescono ad afferrare il vero spirito, prendono grande diletto nelle controversie tecniche che riguardano i testi. Le definizioni cavillose e le interpretazioni astruse sono i piaceri e i divertimenti di tali uomini. Essi sono affetti da brame mondane, e quindi sono inclini a credere in un cielo pieno di oggetti e di occupazioni a seconda dei loro desideri e dei loro gusti, anziché nella meta spirituale di tutte le grandi anime. Parole fiorite e cerimonie imponenti vengono inventate da questi tali, che parlano molto di premi per gli osservanti e di punizioni per i non osservanti.

A coloro il cui intelletto è disposto ad accogliere simili insegnamenti, è sconosciuto l'uso della ragione concentrata e determinata, e della più alta coscienza spirituale.

L'oggetto degli insegnamenti spirituali è d'istruire coloro che pensano, allo scopo di dar luogo alla loro elevazione al di sopra delle tre qualità chiamate *guna*. Liberati da esse, o Arjuna. Affrancati dalle coppie di opposti, dalle cose mutevoli della vita finita; e senza curarti di queste, tieniti saldo nella coscienza del Sé Reale. Cerca di liberarti dalle preoccupazioni per le cose di questo mondo, e dalle ardenti brame per i possessi materiali. Concentrati in te stesso senza farti guidare dalle illusioni del mondo finito.

Come dal serbatoio dell'acqua viene tratto il fluido cristallino che riempirà ogni vaso a seconda della sua forma e della sua mole, così gli insegnamenti spirituali, se ricordati, forniranno quanto è necessario per riempire la mente dello studioso serio secondo il grado e il carattere del suo sviluppo.

In tal modo, regola i tuoi atti ed il tuo pensiero in modo che il fine del tuo operare sia l'agire rettamente anziché la ricompensa che può derivare dall'azione. Che il tuo movente non sia la speranza o l'aspettativa di ciò che può risultare dal tuo operato. Ma tu devi altresì evitare la tentazione dell'inazione, che viene sovente a colui che ha perduto l'illusione della speranza in una ricompensa per il suo agire.

Poni te stesso fra questi due estremi, o Principe, e compi il tuo dovere perché è dovere, liberandoti da ogni desiderio di premio per averlo compiuto, senza curarti se le conseguenze ti appaiano buone o cattive; se il risultato sia il successo o il fallimento. Fai tutto quanto è in te per ottemperare all'imperativo del dovere, e conserva quella equanimità ch'è il segno distintivo dello *yogī*.

Per quanto importante sia l'agire rettamente, tuttavia il pensare giustamente ha la precedenza su di es- so. Perciò, rifugiati nella pace e nella calma del retto pensiero, o Arjuna, poiché coloro che basano il loro benessere soltanto sull'azione non possono non perdere la felicità e la pace, e vengono a trovarsi solo ripieni di miseria e di malcontento.

Colui che ha raggiunto la coscienza dello *yogī*, può innalzarsi al di sopra delle conseguenze buone e cattive. Sforzati di raggiungere questa coscienza, perché essa è la chiave per venire a capo del mistero dell'azione.

Coloro che sono così avanzati da rinunziare mentalmente al possibile frutto del retto agire, sono sulla via del dominio sul *karma*. Le catene che li vincolano al cielo dell'involontaria rinascita si allentano e infine cadono dalle loro membra, lasciandoli liberi. L'eterna beatitudine sta dinanzi a loro.

Allorché ti porrai al di là del piano dell'illusione, cesserai di preoccuparti circa le dottrine, la teologia, le dispute sui riti o sulle cerimonie ed altre inutili guarnizioni sull'abito del pensiero spirituale. Allora sarai affrancato dall'attaccamento ai libri sacri, agli scritti dei dotti teologi ed a coloro che vorrebbero interpretare ciò che non riescono loro stessi a comprendere; ma, invece, fisserai la tua mente nella severa contemplazione dello Spirito, e giungerai così all'armonia con il Sé Reale, che sta alla radice di tutte le cose.

ARJUNA: Dimmi, o Krsna, tu la cui conoscenza comprende in sé tutta la saggezza, fammi sapere, ti prego, quali sono le caratteristiche che contraddistinguono il saggio; di colui che, con mente ferma, benedetto dalla conoscenza spirituale e fisso in contemplazione, è degno del nome di saggio. Come sta assiso, si muove od agisce? Come può egli essere conosciuto dagli uomini ordinari?

KRSNA: Sappi, o Principe, che quando un uomo si è liberato dai vincoli del desiderio del suo cuore e trova soddisfazione nel suo Sé Reale, egli ha raggiunto la coscienza spirituale.

Il suo animo non è turbato né dall'avversità né dalla prosperità; accettandole tutte e due, non è legatoad alcuna. La collera, la paura ed il fastidio sono da lui gettati via come vestiti smessi. Egli è degno del nomedi saggio.

Un tale uomo va incontro con equanimità alle circostanze della vita, siano esse favorevoli o sfavorevoli; piaceri e ripugnanze gli sono estranei, non essendo egli più legato ad alcuna cosa.

Allorché un uomo ha conseguito la vera conoscenza spirituale, egli diviene come la tartaruga, la quale può ritrarre le sue membra entro il suo guscio, potendo costui ritirare le sue facoltà sensorie dagli oggetti sensibili e metterle al sicuro dalle illusioni del mondo dei sensi, ben protette dall'armatura dello Spirito.

È vero che esistono alcuni che possono ritrarsi dai piaceri dei sensi, ma che il desiderio di tali piaceri turba tuttavia. Chi ha però scoperto il Sé Reale interiormente ed ha coscienza della sua scoperta, per lui svanisce anche il desiderio; e la tentazione non è più tentazione per lui, ma diventa come un'ombra che scompare al fulgore del sole meridiano.

Chi si astiene è spesso sopraffatto da un improvviso afflusso d'impetuoso desiderio, il quale spazza via le sue risoluzioni, ma chi sa essere il Sé Reale l'unica realtà è padrone di sé, dei suoi desideri e dei suoi sensi. Immerso nella contemplazione del reale, l'irreale non esiste più per lui.

L'uomo che permette alla propria mente di aderire strettamente agli oggetti del senso, viene così coinvolto nell'oggetto della sua contemplazione da creare un attaccamento che lo vincola a tali oggetti. Da quest'attaccamento sorge il desiderio; dal desiderio la passione; dalla passione la follia e la temerità. Da ciò consegue la perdita della memoria, e dalla perdita della memoria quella della ragione. In tal modo, tutto è perduto.

Ma chi è riuscito a liberarsi dall'affezione agli oggetti sensibili o dal timore di questi, chi trova la sua forza ed il suo amore nel Sé Reale, costui ottiene la pace.

Ed in quella pace che sorpassa ogni comprensione, egli trova sollievo da tutti i disturbi e da tutte le pe- ne della vita, mentre la sua mente, liberata da questi elementi perturbatori, resta aperta all'influsso della saggezza e della sapienza.

Non vi è vera conoscenza possibile per coloro che non hanno ottenuto questa pace, giacché senza pace non può esservi calma, e senza calma come può esservi conoscenza o saggezza?

Al di fuori della pace non vi è che la tempesta dei desideri dei sensi, la quale spazza via le facoltà della conoscenza, come l'impetuoso vento trasporta nel suo turbinio la potente nave ch'è sostenuta dal seno dell'oceano.

In verità, o Principe, solo colui i cui sensi sono protetti dagli oggetti sensibili mediante la conoscenza dello Spirito, solo colui è in possesso della saggezza.

Ciò che alla massa sembra bello ed importante, è a lui noto come cosa d'oscurità e d'ignoranza; e quel che sembra ai molti oscuro come la notte, egli lo vede soffuso di luce meridiana. In altre parole, o Principe, ciò che sembra reale agli uomini del mondo dei sensi, è noto al saggio quale illusione. E quel che sembra irreale e non esistente alla folla, il saggio sa invece che è la sola realtà. È questa la differenza nei poteri e nella visione degli uomini.

L'individuo il cui cuore è simile all'oceano, in cui fluiscono tutti i fiumi, mentre rimane costante ed immobile nel suo letto; che sente lo scatenarsi dei desideri, delle passioni e delle inclinazioni, mentre rimane indifferente di fronte ad essi, ha conquistato la pace. Ma colui che cede e si lascia trasportare dalle sue bra- me, è senza pace, e sarà sempre il trastullo dei desideri perturbatori.

Chi si è alienato dagli effetti dei desideri ed ha abbandonato i piaceri della carne, tanto nel pensiero che nell'azione, è sulla via maestra della pace. Chi ha lasciato dietro di sé l'orgoglio, la vanagloria e l'egoismo, cammina diritto verso la felicità. È proprio così!

È questo, o Principe dei Pāndava, lo stato d'unione con il Sé Reale; lo stato di beatitudine e di coscienza spirituale. Chi vi è pervenuto non è più disorientato e non si fa più sviare dall'illusione. Se, raggiunto questo stato, permane in esso nell'ora della morte, egli passa senz'altro nel seno del Padre.

PARTE III
IL SEGRETO DELL'AZIONE

Allora Arjuna, il Principe dei Pāndava, parlò a Krsna, il Beato, nei seguenti termini:

O Dispensatore di Sapienza! Se, come tu mi hai detto, il retto pensare è più importante del retto agire, se il pensiero è superiore all'azione, perché dunque m'inciti all'azione? Perché mi spingi a quest'orribile battagliacontro i miei parenti ed amici?

Le tue sottili parole ed il tuo ambiguo discorso confondono il mio intelletto, ed il ricordo di esso mi fa girare vorticosamente la testa. Indicami con certezza, ti prego, la via che conduce alla pace ed alla soddisfazione.

KRSNA. Come ti ho già detto, o Principe dei Pāndava, vi sono due strade che portano alla meta a cui tu aspiri. La prima è quella del retto pensare; la seconda è quella del retto operare. Ciascuna di queste ha i suoi viandanti, i quali dichiarano essere la propria strada l'unica vera. Io ti dico, però, che esse sono tutt'una, quando siano contemplate dall'alto. Ascolta le mie parole!

S'inganna colui che crede di potersi sottrarre ai risultati dell'azione con l'astenersi da questa e col restare inoperoso. Né, così facendo, ottiene la felicità. Nell'universo non esiste affatto l'inazione, poiché tutto vi èin costante attività e nulla può sfuggire alla legge generale.

Nessuno, neppure per un istante, può rimanere inattivo, perché le leggi della sua natura lo costringono a una costante attività del corpo, della mente, o di entrambi. Pur contro la propria volontà, è costretto a un'azione di qualche tipo. Non c'è modo di sfuggire alla legge universale.

E ti ripeto che chi cerca di limitare e controllare i suoi organi sensori ed i suoi strumenti d'attività, e rimane tuttavia fisso, nella sua follia, agli oggetti ed alle cose dei sensi, è un'anima illusa e preda dell'inganno. Ma chi, traducendo il suo pensiero in retta azione attraverso il dovere, compie la sua opera nel mondo senz'attaccamento a ricompense, questi, in verità, è da stimarsi saggio e degno.

Adempi bene la tua parte nel mondo, assolvi i compiti che t'incombono, impadronisciti di quel lavoro che più si trova a tua portata di mano, e fai tutto quanto di meglio è in tuo potere di fare; e ne avrai bene. Il lavoro è di gran lunga preferibile all'ozio: il primo rafforza la mente ed il corpo, e conduce a una vita lunga enormale; il secondo indebolisce sia il corpo che la mente, e conduce ad una vita impotente ed infelice, d'incerta durata.

La specie umana è vincolata a causa dell'azione compiuta per motivi di ricompensa e di guadagno. Essa si è attaccata agli oggetti desiderati, ed è soggetta a travaglio fino all'avvento finale della libertà. Ma tu devi evitare questa follia, o Arjuna, ed assolvere i tuoi compiti dovuti e opportuni senz'attaccamenti di sorta ed in piena libertà. Adempi i tuoi compiti per amore del dovere verso il Sé Reale, e per nessun altro motivo.

Ricordi tu, o Arjuna, gli antichi insegnamenti circa la creazione del mondo e le parole che il Creatore indirizzò agli esseri creati? Ascolta le sue parole, ch'io ti ripeto: *Culto! Sacrificio!* E ricordati la Sorgente di tutte le cose; il Dispensatore degli oggetti desiderati!

Pensa agli dèi se vuoi che gli dèi pensino a te! Chiedi ciò che vuoi ricevere! Chi riceve i doni degli dèi e non rivolge loro il suo pensiero e la sua riconoscenza, è come un ladro. Dal cibo le creature sono nutrite e fatte crescere; dalla pioggia viene il cibo; dagli dèi viene la pioggia in risposta ai desideri ed alle richieste dell'uomo. Ora, i desideri e le richieste degli uomini sono forme d'azione, e le azioni procedono dall'Uno, cioè dalla Vita che tutto pervade.

Chi, vivendo in questo mondo d'azione, cerca di astenersi dall'azione; chi, pur godendo i frutti dell'azione del mondo attivo, non intende dare il suo contributo al lavoro ed all'azione del mondo; chi, in tal modo, trascorre oziosamente il suo tempo, vive una vita vana e vergognosa al massimo grado. Chi trae profitto dal giro della ruota in ogni momento della sua vita, ma si rifiuta di dare una mano per impartire ad essa il movimento, è uno scansafatiche ed un ladro che prende senza dar nulla in contraccambio.

Ma è saggio, invece, chi agisce in altra maniera e compie bene la sua opera nel mondo, senz'attaccarsi ai frutti di questa e tenendosi sempre concentrato nella conoscenza del Sé Reale. Per un tale individuo non ha importanza ciò che viene fatto nel mondo né ciò ch'è lasciato incompiuto; fra tutte le cose create non ve n'è alcuna su cui egli abbia bisogno d'appoggiarsi, o dalla quale egli debba far dipendere il suo essere. Prendendo parte a tutto ed operando in tutto, come il suo dovere gli impone, egli non si rende mai schiavo di alcunché d'esteriore; la sua fiducia, la sua speranza e la sua conoscenza sono fisse sopra l'imperituro: sull'unica cosa da cui sicuramente dipenda.

Perciò tale azione che scaturisce dal dovere, libera da attaccamento e dipendenza, conduce direttamente alla coscienza ed al piano dello Spirito.

Non ti ricordi che Janaka e molti altri hanno raggiunto lo stadio della perfezione per mezzo delle buone opere e della retta azione? Tu dovresti tener conto della pratica universale della specie umana ed agire conformemente ad essa, poiché questa non può non essere il risultato d'una lunga esperienza in vista della felicità. I saggi, in ogni tempo, hanno insegnato la virtù del lavoro e dell'azione, e tu devi ben seguire i migliori della tua razza.

Fai attenzione a quanto ti dico, o Principe! Tu sai che non vi è nulla nell'universo ch'Io desideri o che sia per Me necessario di compiere, né è possibile che qualche cosa possa essere ottenuta da Me ch'Io non l'abbia già ottenuta. Tuttavia, o Principe dei Pāndava, sono in costante azione e movimento. Lavoro ininterrottamente.

S'Io non facessi questo, o Arjuna, non seguirebbero gli uomini il mio esempio?

Se mi ritraessi dall'azione, non cadrebbero questi universi in rovina e non regnerebbero ovunque la massima confusione e il caos?

Ricordati, o Arjuna, che, come anche gli individui non evoluti, per brama di qualche cosa e con la speranza di un premio, lavorano ed agiscono, così gli individui evoluti ed illuminati debbono agire e operare, ma per la causa comune e per la legge universale, non per attaccamento a fini e ad oggetti personali.

Non è peraltro cosa saggia turbare gli spiriti dei non evoluti con questi pensieri: che essi lavorino facendo tutti del loro meglio; ma tu e gli altri saggi dovete lavorare in armonia con Me e cercare di rendere ogni vostra azione attrattiva per essi. E a tale scopo vale più che altro la forza dell'esempio.

Poni la responsabilità dell'azione sulle spalle di Colui al quale essa appartiene, cioè dell'Uno; e fai quindi quel che tu devi, come ciascuno deve fare, cioè con l'animo fisso al Sé Reale e senz'aspettarti ricompense di sorta. Il folle dice: faccio questo e feci quello, ma il saggio guarda al di là del raggio della propria personalità alla ricerca della causa e dell'effetto dell'azione.

Conoscendo tutta quanta la verità, devi guardarti bene dal recar turbamento agli animi di coloro che non sono ancora preparati ad afferrarla, giacché un insegnamento fuor di tempo potrebbe stornarli dal loro lavoro e far loro vedere solo delle mezze verità, con l'unico risultato di ingenerare in essi turbamento.

Preparati dunque a combattere, o Arjuna, rinviando la responsabilità nel luogo a cui appartiene, e con animo libero da egocentrismo ed egoistiche aspettative, centrato bensì sul Sé Reale, assolvi il compito che tiè imposto e impegna la battaglia!

Coloro che con fiducia e fede seguiranno costantemente quest'insegnamento saranno resi liberi anche dalle opere e dall'azione.

Ma coloro che rigetteranno gli insegnamenti della verità ed agiranno in contrasto con essa, avranno il destino degli insensati e degli illusi, nonché confusione e mancanza di pace.

Il saggio cerca altresì ciò ch'è in armonia con la sua propria natura e si adopera per rendere a ciò consona tutta la sua vita, piuttosto che andare in traccia di cose che sono contrarie alla sua natura.

Che ognuno faccia il meglio che può a modo proprio e in conformità a ciò che di più alto vi è nel proprio carattere.
Ci si tenga lontani dalla stabile avversione od affezione per gli oggetti sensibili che ognuno troverà dentro di sé. Essi sono degli ostacoli sul sentiero, e i saggi si guardano bene dal mettersi in balia di tali nemici nel loro stesso campo.

Infine, o Arjuna, ricordati ch'è meglio compiere il proprio dovere, per quanto umile ed insignificante possa essere, che cercare di compiere il dovere d'un altro, ancorché molto più nobile esso possa sembrare. Meglio è morire assolvendo il proprio dovere e i propri compiti, che essere vittoriosi adempiendo un dovere preso in prestito da altri. I compiti da assolvere sono pieni di pericoli. Fai ora ciò che t'incombe. Quando sa- rai preparato per un dovere più alto, questo verrà posto dinanzi a te nella stessa maniera.

ARJUNA: Ma, Krsna, spesso sembra che un uomo sia spinto a male operare da qualche potenza a lui estranea; come se, contrariamente alle sue inclinazioni, egli vi sia costretto da qualche forza segreta. Dilucidami questo mistero.

KRSNA: È l'essenza dei suoi desideri accumulati, unitisi all'assalto, che lo spinge a far ciò. È questo nemico dell'uomo, chiamato concupiscenza o passione, di natura carnale, pieno di peccato e d'errore.

Come la fiamma viene offuscata dal fumo ed il metallo brillante dalla ruggine, così l'intelletto dell'uomo è oscurato da questo nemico chiamato desiderio, il quale infuria come il fuoco ed è difficile a spegnersi.

I sensi e la mente sono la sua sede, ed esso se ne serve per confondere la discriminazione.

Il tuo primo compito è di vincere questo sozzo abitante dell'anima. Acquistando prima di ogni altra co-sa il dominio dei sensi e degli organi sensori, cerca quindi di mettere a morte questa cosa maligna.

I sensi sono grandi e potenti, ma ancora più grande e potente dei sensi è la mente, e più grande della mente è la volontà; mentre più grande della volontà è il Sé Reale.

In tal guisa, dopo aver riconosciuto il Sé Reale come sommo tra tutto, procedi a governare il sé personale tramite la potenza del Sé Reale, e così potrai vincere questo sozzo mostro: il "desiderio", così difficile ad esser catturato e, tuttavia, tale da poter essere dominato dal Sé Reale. Legalo quindi solidamente per sempre, e riducilo tuo schiavo anziché tuo padrone.

PARTE IV
CONOSCENZA SPIRITUALE

Allora il Beato Krsna continuò a parlare ad Arjuna, il Principe dei Pāndava, mentre stava insieme con lui nel carro da guerra fra le due armate, nei seguenti termini:

Quest'insegnamento eterno dello Yoga lo esposi a Vivasvat, che gli uomini chiamano il Sole, il Signore della Luce, ed egli, a sua volta, lo comunicò a Manu, lo Spirito Regnante. Questi, dal suo canto, lo trasmise a Iksvāku, fondatore della dinastia solare, e da lui passò dal grado più alto a quello più basso, finché venne a conoscenza dei Saggi Regali.

Sappi, però, o Principe, che con l'andare degli anni questo nobile insegnamento è decaduto e la sua luce si è offuscata. Il suo spirito interno è quasi perduto, e gli uomini non ne conoscono che la lettera. È questo il destino della verità fra gli uomini.

Ma ancora una volta, a te, Io espongo la verità, sapendoti un vero devoto. Ascoltala bene, Arjuna, poichéin essa consistono il supremo mistero e l'antica verità.

ARJUNA: Come posso io venire a capo di quest'enigma, o Krsna, allorché dici avere Tu insegnato questa verità a Vivasvat prima che ad ogni altro, mentre è noto che Vivasvat esisteva prima che cominciasse il tempo, e Tu nascesti in epoca più recente?

KRSNA: Molte sono state le mie nascite e rinascite, o Principe, e molte sono state pure le tue. Ma fra noi passa questa differenza: Io sono conscio di tutte le mie vite, mentre tu non hai il ricordo delle tue.

Fai attenzione a questo grande segreto. Sebbene Io sia al di sopra della nascita e della rinascita, o della Legge, essendo il Signore di tutto ciò che esiste, poiché tutto emana da Me, ciò nondimeno è mia volontà di apparire nel mio universo, e sono perciò nato in virtù del mio potere, del mio pensiero e della mia volontà.

Sappi, o Principe, che ogniqualvolta la virtù e la giustizia vengono meno nel mondo, e salgono in trono il vizio e l'ingiustizia, Io, Signore di tutte le cose, vengo a rivisitare il mio mondo in forma visibile, mi mischio come uomo tra gli uomini, e con la mia influenza e i miei insegnamenti distruggo il male e l'ingiustizia, ristabilendo la virtù e la giustizia. Molte volte sono così apparso e molte volte riapparirò.

Chi può penetrare oltre il mio travestimento e conoscermi nella mia Essenza, dopo avere abbandonato lasua spoglia mortale, è liberato dalle rinascite nel mondo ed è a lui concessa la gioia di stare con Me.

Molti, affrancandosi dalla collera, dall'odio, dall'attaccamento alle cose, e tenendo la loro mente fissa sopra di Me, sono stati purificati dalla sacra fiamma della saggezza e sono venuti ad abitare con Me.

Tutti gli uomini che si avvicinano a Me, qualunque sia il sentiero da loro scelto, sono benvenuti. Infatti, tutte le strade, non importa quanto diverse, conducono a Me. Tutte le strade sono mie, malgrado la diversità dei nomi che sono stati ad esse assegnati.

Anche coloro che battono la via delle deità inferiori e degli dèi immaginari e che indirizzano a questi le loro preghiere per ottenere successo attraverso l'azione; anch'essi – ti dico – avranno la loro ricompensa, poiché raccoglieranno la messe ch'è loro dovuta per la seria applicazione e per l'industriosa azione. I loro dèi, reali o immaginari, risponderanno loro mercé le leggi della mente e della natura.

Ma Io sono il creatore di tutta la specie umana in ogni sua fase o forma. Da Me procedono le quattro caste con le loro diverse qualità ed attività. Riconoscimi come il creatore di tutto questo, sebbene in Me stesso Io sia immutabile e senza qualità.

Nella mia essenza sono libero dagli effetti dell'azione; e non ho alcun desiderio di premi o dei frutti delle azioni compiute, poiché queste cose sono prodotte in virtù del mio potere e non hanno presa su di Me. In verità ti dico che chi può vedermi come sono, nella mia essenza, è liberato dagli effetti dell'azione.

Comprendendo questo, gli antichi saggi hanno sempre operato, ma non hanno mai tenuto a ricevere ricompense per le loro azioni, e così sono andati verso la liberazione. Segui il loro esempio e mieti quanto da loro seminato.

Ma anche i saggi, talora, sono rimasti perplessi circa ciò ch'era azione e ciò ch'era inazione, per cui ti dirò qualche cosa a tale proposito. Ti farò sapere in che cosa consiste l'azione; conoscere questo ti terrà lontano dal male e ti renderà libero.

Colui che vuole apprendere la verità nei riguardi dell'azione deve afferrare queste tre cose: azione, inazione e cattiva azione. Difficile a discernersi chiaramente è il sentiero dell'azione.

Chi è andato così lontano da vedere l'azione nell'inazione e l'inazione nell'azione è da annoverarsi frai saggi della sua specie, ed egli si trova in armonia e in pace anche quando opera.

Le sue opere sono libere dai vincoli del desiderio, e le sue attività sono purgate dalle loro scorie dalla fiamma della saggezza.

Essendosi liberato dall'attaccamento ai frutti delle azioni e sciolto da ogni dipendenza da questi, egli gode l'inazione anche quando stia esercitando l'azione.

Affrancato da tutto, non dipendente da alcuna cosa, potendo controllare la sua mente ed i suoi sensi, egli si muove ed agisce, ed anzi sembra che faccia questo nel modo più lecito e più fortunato; ma egli è ben consapevole che il suo Sé Reale non ha nulla a che vedere con l'azione, ed è di gran lunga al di sopra del premio o della punizione, della vittoria o della sconfitta. Egli è reso libero dalle conseguenze dell'azione, che sono legami e catene che avvincono coloro che non conoscono la verità.

Pago di ciò che la giornata gli apporta; esente da piaceri e da dispiaceri; privo di invidia; disposto ad accettare il successo o il fallimento con animo tranquillo, dopo aver fatto del suo meglio egli non si sente vincolato ad alcuna cosa.

Per colui che ha ucciso l'attaccamento e permane armoniosamente con la mente fissa alla vera conoscenza ed alla saggezza, tutti gli effetti costrittivi dell'azione svaniscono come svanisce la nube al sorgere del sole.

Come il sacrificio che va all'Eterno non è in realtà che una semplice forma di Quello a cui si dirige, così chi conosce Me in ogni sua azione, verrà a Me.

Vi sono alcuni che offrono sacrifici agli dèi secondari, ed altri che adorano il divino principio nel fuoco, mentre altri depongono i loro desideri sensibili sugli altari; ed altri fanno offerta delle loro stesse funzioni vitali. Alcuni fanno sacrificio delle loro ricchezze, o praticano l'austerità come segno di adorazione, oppure meditano in silenzio e col pensiero; altri praticano lo yoga come culto religioso; alcuni fanno voti e compiono esercizi rituali; altri fanno consistere la loro offerta religiosa nell'esercizio delle sacre respirazioni; mentre altri ancora digiunano.

Tutti compiono sacrifici, sebbene le loro offerte differiscano molto in natura e specie: e tutti sono beneficati dallo Spirito, ch'è causa della loro forma di sacrificio. Ognuno acquisisce del merito con lo spirito di sacrificio che sta dietro alla pratica rituale. Vi sono molta virtù e merito nella limitazione e nel dominio di sé, o Principe, ed è così che coloro i quali fanno sacrifici si accostano a Me. Sì, coloro che s'innalzano sui loro sacrifici con aumentata comprensione spirituale si fanno più vicini a Me. Ma per colui che non compie alcun sacrificio, o Principe, non vi è alcun merito in questo mondo; ora, come potrebbe esservene per lui in un altro?

Tu hai visto che vi sono molte forme di sacrificio e di culto nel mondo, o Arjuna, e sai che l'azione pervade tutte queste forme. Sapendo ciò, sei liberato dall'errore.

Ma migliore del sacrificio di oggetti e cose, o Principe, è l'offerta della saggezza. La saggezza, in sé e per sé, è la somma di ogni azione, la conoscenza spirituale racchiude tutta quanta l'azione.

Impara bene questa lezione con lo studio, il pensiero, il servizio e la ricerca. I saggi, i veggenti, i possessori della conoscenza interiore, ti aiuteranno di quando in quando, allorché sarai pronto. Allorché il discepolo è pronto, il maestro compare. Quando avrai estremo bisogno di conoscenza – il prossimo anello nella tua catena – aspetta con pazienza e fiducia, perché ecco! ad un tratto al tuo fianco apparirà ciò che ti necessita.

Avendo acquistato questa saggezza, o Principe, sarai liberato dalla confusione, dal malinteso e dall'errore, giacché, per mezzo di essa, verrai a conoscenza di tutto quanto esiste nella vita universale, e quindi in Me.

Anche se sei stato il più grande dei peccatori, sarai trasportato sopra il mare dell'errore sulla barca della verità.

Come la fiamma riduce il legno in cenere che viene portata via dal vento, così il fuoco della verità convertirà in cenere il risultato delle cattive azioni che hai commesse nell'ignoranza e nell'errore.

In realtà, non vi è nel mondo un agente purificatore pari alla fiamma della verità spirituale. E colui che ne è entrato in possesso, si ritrova purificato dalle scorie della personalità e nel tempo trova il Sé Reale.

Chi ha grande fede, chi domina il sé personale ed il suo attaccamento alle cose sensibili, ha raggiunto la saggezza ed è sul sentiero che conduce alla pace suprema.

Ma le persone ignoranti e di poca fede non trovano neppure il principio del sentiero. Senza fede non vi è né felicità né pace, né in questo mondo né nel prossimo.

Libero dai vincoli dell'azione è colui che mediante la conoscenza spirituale si è congiunto alla saggezza ed ha così lacerato l'illusione del dubbio. Costui è veramente libero!

Fatti dunque avanti nella tua potenza, o Arjuna, Principe dei Pāndava, afferra la tua illustre e fulgida spada della saggezza spirituale e taglia, con un solo poderoso fendente, i legami del dubbio e dell'incredulità che incatenano la tua mente ed il tuo cuore. Avanti, o Principe, fai ciò che t'incombe!

PARTE V
RINUNCIA

Allora Arjuna, il Principe dei Pāndava, replicò a Krsna, il Signore Beato, in questi termini:

O Krsna, Tu parli per paradossi, poiché prima lodi la rinuncia all'azione e poi fai gli elogi del servizio per mezzo dell'azione. Dimmi, ti prego, quale dei due è più meritevole? Ti supplico di farmi sapere ciò in modo semplice e piano, evitando il pericolo ch'io incorra in ulteriori dubbi e perplessità.

KRSNA: Ti dico, o Principe, che tanto la rinunzia all'azione quanto il servizio mediante l'azione hanno grande merito: entrambi conducono alla meta suprema. Ma, in verità, ti dico che fra le due cose, il compimento del servizio è preferibile alla rinuncia all'azione: l'azione buona è migliore dell'inazione.

Ma anche nell'uso di questi termini, tu devi far bene attenzione per evitare ogni confusione, giacché il più grande rinunciatario è colui che non cerca né evita l'azione, che non corre dietro a questa, ma nemmeno sfugge ad essa. Egli rinuncia così a tutto, sia ai piaceri che alle avversioni. È affrancato dalle coppie di opposti, calmo e contento, pronto ad assolvere tutti i compiti e le azioni che gli sono posti dinanzi, mentre è ugualmente preparato ad astenersi da qualsiasi azione, non avendo perciò attaccamento alcuno. Costui si può dire completamente libero da vincoli.

Coloro che appena divenuti adulti accedono allo studio della verità sono al massimo grado portati a parlare della rinunzia all'azione e dell'adempimento dell'azione buona come di cose differenti. Ma i saggi sanno che le due cose sono tutt'una. Entrambe conducono alla stessa meta, e i seguaci dell'una ottengono quel che ottengono i seguaci dell'altra. Chi vede al di sotto della superficie delle cose, si accorge che nella loro essenza le due sono una.

È però un compito estremamente difficile il pervenire alla rinuncia all'azione senza l'adempimento del servizio attraverso l'azione, o Arjuna, e colui che riesce ad armonizzare i due modi è davvero beato, perché èbene incamminato sulla via della pace.

Chi è impegnato nell'adempimento della retta azione e nello stesso tempo si tiene lontano dal desiderio del frutto dell'azione stessa, rinuncia così all'azione, sebbene la compia. Egli può in tal modo soggiogare i suoi sensi e i suoi desideri, e, mediante tale padronanza, vedere al di là del sé personale e divenire cosciente del Sé Reale, il quale è tutt'uno con il Sé Reale di ogni essere. Egli è a conoscenza della vita universale e di ciò che dalla vita medesima proviene. E così conoscendo e operando, egli non è vincolato dall'azione, ma è libero da tali legami.

In tal guisa, egli si trova in armonia fra le due idee. E quantunque veda, oda, senta, annusi, mangi, si muova, dorma, respiri, egli è tuttavia consapevole che il Sé Reale sottostà ad ogni azione, per cui può dire: «Col mio sé personale nulla faccio». E può in verità anche soggiungere: «I sensi rappresentano la loro parte nel mondo sensibile. Facciano pure; io non sono legato né ingannato da essi, perché li conosco per cosa sono».

Chi dunque vede dietro ad ogni azione il Sé Reale, il quale è privo d'azione, si trova libero dalle sozzure del mondo. Egli rimane come la foglia di loto, la quale non è danneggiata dalle acque che la circondano.

I saggi, che si sono staccati dal mondo, compiono con piena coscienza le azioni inerenti al corpo, alla mente, all'intelletto ed anche ai sensi, ed hanno sempre in vista il retto operare e la purificazione.

Armonizzati, abbandonando il desiderio e la speranza di ricompensa per le azioni, essi ottengono la pace. Ma coloro che difettano di quest'armonia e sono trattenuti fortemente dai vincoli del desiderio di premi per le azioni, vengono a trovarsi in stato di turbamento, nonché pieni d'inquietudine e d'insoddisfazione.

Il saggio, affrancandosi mentalmente dalle azioni e dai loro risultati, stabilisce la sua dimora nel tempio dello Spirito, anche in quello che gli uomini chiamano corpo, in esso restando calmo, in pace, senza desiderare di agire né provocare l'azione, sempre però ben disposto a giocare efficacemente la sua parte nell'azione quando il dovere chiama. Giacché egli sa che, sebbene il suo corpo, i suoi sensi e la sua mente possano impegnarsi all'azione, tuttavia il Sé Reale non viene mai turbato, poiché quest'ultimo non agisce nei modi che sono propri della più bassa natura umana. Il Sé Reale non compie né buone né cattive azioni; esso rimane al di sopra di queste distinzioni e del loro manifestarsi.

La luce della saggezza è sovente oscurata dal fumo dell'ignoranza; e l'uomo rimane ingannato da ciò, scambiando il fumo per la fiamma, senza venire a conoscenza di quel che si trova dietro il fumo. Ma coloro che possono vedere attraverso questo globo di fumo, scorgono la fulgida fiamma dello Spirito che splende come un'infinità di soli, libera e non offuscata dal fumo che ne preclude la visione alla maggior parte degli uomini.

Meditando sul Sé Reale, fusi nel Sé Reale, assorti fermamente nella conoscenza del Sé Reale, amando con grande devozione il Sé Reale, i saggi si liberano dai loro vincoli. I loro occhi sono mondi dal fumo che riempie gli occhi degli uomini, accecandoli; ed essi passano quindi a quei più alti stadi dai quali nessuno fa ritorno in questi più bassipiani d'esistenza. Beati oltre misura sono costoro.

Colui i cui occhi sono stati nettati dal fumo dell'errore e dell'illusione, riguarda con uguale sentimento e rispetto il duce d'uomini riverito, dotto ed illuminato, e il reietto più assoluto tra gli uomini. Giacché sappi, Arjuna, che gli occhi così liberati dall'illusione vedono le personalità delle forme vitali come talmente irreali, quando siano paragonate al Sé Reale, che anche le maggiori distinzioni mondane scompaiono allorché vengano contemplate da una simile altezza.

Coloro le cui menti possono permanere in questa realizzazione, ottengono, anche in questa vita, la vita al di sopra dell'illusione, poiché in questa realizzazione sta la realizzazione del Sé Reale.

In verità, coloro che vedono il Sé Reale alla radice di tutto ciò che sembra essere; che vedono l'unica realtà nel mondo della realtà apparente, che vedono questo e riescono a dimorare in tale conoscenza, a somiglianza del legno che galleggia sulla superficie delle acque, si guardano dal gioire eccessivamente quando ottengono ciò ch'è per loro piacevole, e dal dolersi in modo eccessivo quando ricevono ciò che non lo è.

Essi si sono liberati dall'affezione a queste coppie d'opposti: ai frutti dell'azione ed agli oggetti esterni; e provano quindi una inesprimibile gioia nella conoscenza e nella coscienza del Sé Reale. Ed avendo acquisito questa Coscienza Reale, entrano nel regno dell'Eterna Beatitudine e della Pace.

Sappi, o Arjuna, che le gioie e i piaceri dei sensi – le cosiddette soddisfazioni causate dagli oggetti esterni – sono veramente le matrici del futuro dolore. Essi appartengono al mondo dei princìpi e delle fini, edil saggio non trova in questi alcun diletto.

Chi, anche in questo mondo dei sensi e degli oggetti sensibili, è pieno di quella forza che proviene dalla vera conoscenza; chi può sopportare con equanimità i pungoli e le brame derivanti dal desiderio e, sopportandoli, può dominarli e tenerli fermo con mano maestra, ha raggiunto l'armonia ed è davvero tre volte beato.

Chi ha trovato la pace interiore ed è stato così illuminato da rinvenire la gioia e la felicità dentro di sé, mentre è consapevole che nel suo interno è il Regno dei Cieli, in verità ha ottenuto la pace del Sé Reale, perché si è fuso con il Sé Reale. Coloro dai quali è stata rimossa l'illusione della dualità e della separazione, vedono tutta la vita come un'unità emanante dall'Uno. Il benessere di tutti diviene per loro il benessere dell'Uno, e su costoro sopraggiunge la pace dell'Uno.

Questa pace, che sorpassa ogni comprensione, giunge a coloro che si conoscono per quello che sono, anziché per ciò che sembrano essere agli occhi del mondo, i quali sono accecati dal fumo.

Resi liberi dai vincoli del desiderio e della passione dei sensi, essi dominano i loro pensieri con la loro saggezza, e i loro sensi coi loro pensieri.

Avendo padroneggiato il corpo mercé gli insegnamenti degli yogī, in modo da renderlo una comoda abitazione per l'anima, e tenendolo ben pulito ed in buon ordine, sotto la sorveglianza della mente; coi sensi, le facoltà, la mente e l'intelletto ben controllati e custoditi; con l'occhio dell'anima sempre fisso alla libertà ed al conseguimento della pace, il saggio getta dietro di sé i logori involucri del desiderio, della paura, della passione e della concupiscenza, e passa allo stato di libertà e di appagamento.

Conoscendomi per quel che sono; sapendo che Io mi rallegro della padronanza dell'autocontrollo; essendo inoltre consapevole che Io sono il Signore dell'universo e il vero amante di tutte le anime, il saggio mi trova infine e mi conosce nella mia pace.

PARTE VI
DOMINIO DI SE STESSO

Ancora poi parlò Krsna, il Signore Beato, ad Arjuna, il Principe dei Pāndava:

Ascolta le mie parole, o Principe. In verità, ti dico che colui il quale compie onorevolmente e nel migliore dei modi l'azione che alla sua coscienza si presenta come vero e proprio dovere, ricordando sempre ch'egli non ha nulla a che fare con la ricompensa o coi frutti dell'azione stessa, è nel medesimo tempo un «rinunciatario all'azione» ed un «servitore della retta azione». E veramente egli è più asceta e rinunciatario di colui che si rifiuta senz'altro di agire, poiché l'uno possiede lo spirito della dottrina, mentre l'altro afferra semplicemente il guscio vuoto della forma e della lettera. Sappi che tale intelligente, retto agire è rinuncia; e sappi, inoltre, che l'azione retta migliore, senza un'intelligente comprensione della rinuncia ai risultati dell'azione medesima, non è retta affatto.

Ai primi passi sul sentiero, la retta azione è considerata come la cosa più meritevole, mentre allo stesso uomo, quando abbia raggiunto la saggezza e la comprensione della dottrina, e si sia così liberato anche dall'attaccamento alla retta azione, la meditazione calma e la pace serena della mente appaiono come le cose migliori. Ad ognuno viene dato a seconda delle sue necessità e della sua fase di sviluppo.

Allorché un uomo riesce a liberarsi dall'attaccamento ai frutti dell'azione, all'azione stessa, nonché agli oggetti del mondo sensibile, allora ha raggiunto il più alto stadio del retto agire.

Elevi ognuno la sua anima mediante la conoscenza del Sé Reale. E non si lasci deprimere od abbattere, giacché in verità è stato detto che il Sé Reale è l'amante dell'anima ed il suo vero amico, sebbene l'anima ignorante possa considerare il Sé Reale come suo nemico, tendendo questo ad annullare il suo senso di personalità separata.

Il Sé Reale è l'amico di colui nel quale la personalità ha ceduto al dominio di sé, ma per colui la cui personalità è ribelle, il Sé Reale appare come il peggior nemico; mentre in realtà lo stesso Sé Reale non cerca che di liberare l'anima dal suo vincolo all'illusione ed all'errore, procurando così di aumentare le sue ricchezze, anziché rubarle e renderla priva delle cose di valore. In tal modo, attraverso il fumo dell'illusione e dell'errore, il vero amico è visto come il peggior nemico.

L'anima di colui che ha scorto il Sé Reale è tranquilla e calma, indifferente al caldo e al freddo, al piacere e al dolore, a ciò che nel mondo è chiamato onore e a ciò ch'è chiamato disonore.

L'uomo saggio è soddisfatto della conoscenza e della saggezza che sono state a lui concesse come i più rari tesori della terra. I suoi sensi sono armonizzati dal dominio di sé, e la saggezza ha sostituito in lui il desiderio.

Taluno eccelle in saggezza fino a tal punto da riguardare gli amici e i nemici, gli stranieri e i compatrioti, i santi e i peccatori, i giusti e gli ingiusti, con uguale amore e senso di fratellanza.

Lo yogī resta assiso nel suo posto segreto, assorto in meditazione ed in profondo pensiero. Con la men-te e il corpo dominati dal Sé Reale, egli è alieno da qualsiasi brama e desiderio di ricompensa.

Egli siede in un posto pulito, né troppo alto né troppo basso; il suo sedile è di panno, di nera pelle di antilope e d'erba kusa, disposti nella maniera indicatagli dai suoi maestri, secondo le tradizioni della sua schiatta.

Sedendo in tal modo, egli domina la sua mente e la concentra in un punto, tenendo contemporaneamente fermi i suoi sensi e i suoi pensieri divaganti. Sedendo così, in una posizione stabile di riposo, egli purifica la sua anima col dirigere la sua coscienza verso il Sé Reale, verso l'Assoluto ch'è alla radice di tutto.

Col suo corpo ben controllato, secondo i costumi tradizionali degli yogī, egli volge serenamente il suo sguardo all'Eterno ed all'Infinito, senza nulla vedere del mondo sensibile che lo circonda.

Serena, impavida, tranquilla e ferma nei suoi propositi, la sua mente, controllata ed armonizzata, è diretta verso di Me, che sono l'oggetto della sua aspirazione.

E lo yogī, così unito al suo Sé Reale e con la mente così controllata, passa a quello stato di pace e di beatitudine che si può trovare solamente in Me.

In verità, colui che mangia come un ghiottone oppure fa troppo conto della virtù del digiuno, o è troppoproclive al sonno oppure fa troppo conto della virtù dell'astensione dal sonno, non raggiunge la vera sapienza dello yogī. Un tale uomo propende troppo verso gli estremi e si allontana dal sentiero mediano della temperanza.

La sapienza dello yogī, la quale distrugge il dolore, è raggiunta invece da chi si mantiene moderato e temperante nel mangiare e nel divertirsi, nel lavorare e nel riposarsi: da colui che fuggendo il male dell'eccesso di azione, non va a finire nel male gemello dell'eccesso di repressione.

Allorché il pensiero di un uomo dominato dal Sé Reale e fissato su di esso si trova libero dalla concupiscenza e dal desiderio, allora un tale uomo ha conseguito l'armonia interiore che apporta pace e contentezza.

La sua mente diviene quindi salda e ferma come la fiamma della lampada che sia riposta in un luogo dove non è disturbata o fatta tremolare dal vento.

Tale mente si diletta nella contemplazione del Sé Reale, ed è ben contenta di dimorare nella sua pace e nella sua presenza.

Vedendo il Sé Reale mercé il suo proprio lume, essa si accorge di possedere tutto, ed è perciò soddisfatta.

Il saggio trova il suo principale diletto in ciò che di gran lunga supera quel che la mente può ottenere per mezzo dei sensi, e, dopo aver trovato questo, si riposa nella sua realtà. Riposando lì in questo suo regno appena scoperto, egli sa bene che soddisfazione maggiore non vi è al di là di esso; e dopo esservisi sicuramente stabilito, i grandi dolori e dispiaceri della vita del mondo non turbano la sua pace o la sua contentezza, essendosi egli innalzato al di sopra di essi.

Una tale esenzione dalla pena e dal dolore è nota col nome di yoga, che significa «unione spirituale». Cerca di procurarti ciò, o Principe, con ferma risoluzione e fiduciosa aspettazione.

Gettando alle tue spalle i vani desideri dell'immaginazione, e dominando, con la mente illuminata, le inclinazioni dei sensi, a poco a poco otterrai la tranquillità e la calma: tutto questo con l'esercizio della mente risvegliata guidata dalla spirituale. Una volta fissata la mente sul Sé Reale, è follia per essa lo straniarsi dal suo supremo oggetto.

Ma qualora lo facesse, fai tutto il possibile per frenarla nella sua corsa sregolata, e cerca con fermezza di farla ritornare, con abile guida, al posto dove ti eri prefisso che stesse.

Colui che ha conseguito questa pace della mente; che ha ottenuto questo dominio sulla mente carnale, si è dipartito da quel che il mondo chiama peccati: ha fuggito l'errore ed è entrato nel regno della verità. L'armonia della mente e dell'anima, come pure lo stato di beatitudine, appartengono a lui. Egli vede il Sé Reale in tutto, e tutto nel Sé Reale. Vede che Uno è tutto, e tutto è Uno.

In verità, ti dico che colui che vede Me in tutto e tutto in Me non sarà mai abbandonato da Me, né Io permetterò ch'egli mi abbandoni.

Per sempre lo avvincerò a Me con le catene d'oro dell'amore, le quali non irritano né logorano l'anima.

Ti dico anche che chi comprende Me nella mia unità e mi ama, sarà da Me fatto perennemente vivere entro il mio Essere pure in questo mondo, ancorché egli sembri vivere separatamente a suo modo.

Il vero yogī, o Arjuna, è colui che, per mezzo di quanto è pervenuto a scoprire entro di sé, conosce che vi è una sola Essenza fondamentale che pervade ogni vita e tutte le cose, e riconosce come ogni dolore e pia- cere abbiano un'unica e medesima natura. Uno così, o Principe, è un grande yogī.

ARJUNA. Ohimè, o Krsna, non mi è possibile accettare il tuo insegnamento della fermezza della mente controllata, di cui hai appena parlato. So che la mente è la cosa più inquieta, incostante, turbolenta, caparbia, ostinata e restia ad obbedire prontamente alla volontà. Come dirmi di comandare e controllare il vento allorché soffia e passa – ora dolce brezza ora furiosa tempesta – così è dirmi di dominare e controllare con mano ferma questo misterioso principio ch'è chiamato mente.

KRSNA: Dici bene, o Principe, che la mente è inquieta ed è, come i venti, difficile a frenare. Però, col costante esercizio, con la disciplina e con l'attenzione essa può ben essere dominata.

È bensì vero che lo yoga è estremamente difficile a conseguire da parte di un'anima non controllata e non diretta dalla mano del maestro. Tuttavia, l'anima, quando abbia riconosciuta la superiorità del tocco magistrale del Sé Reale, può raggiungere il vero *yoga* mediante l'attenzione e la pazienza, unite a ferma risoluzione e determinazione.

ARJUNA: Qual è, il destino di colui, o Krsna, che, sebbene pieno di vera fede, non riesce a raggiunge- re la perfezione dello yoga a causa della sua mente non disciplinata e non controllata che divaga lungi dal sentiero della disciplina e della padronanza?

Posto così fra il merito della retta azione da un lato, e l'acquisizione spirituale dall'altro; difettando di qualunque appoggio dall'uno senza ottenere l'altra, avendo interrotto la propria devozione senza trovarne una nuova, deve egli ridursi a nulla come una nuvola che si sfilaccia, e svanire nel niente? Standosene così confuso sul sentiero proprio dell'Assoluto, è egli perduto ed abbandonato?

Rispondi a questa domanda, o Krsna, poiché ciò mi fa rimanere perplesso e nessun altro all'infuori di Te può darmi degli esatti ragguagli.

KRSNA: Sappi dunque, o Arjuna, che costui non viene annientato né qui né nei mondi ulteriori. La sua fede lo mantiene in vita; la sua bontà lo preserva dall'annientamento. Il sentiero della distruzione non è mai per colui che ha vissuto rettamente e mediante la fede si è proteso verso di Me.

L'uomo le cui preghiere e la cui fede, unite alle buone opere, non furono integrate dall'acquisizione della completa disciplina, costui, ti dico, dopo la morte andrà nella dimora riservata ai giusti che non hanno ancora trovato la liberazione. Dimorando colà felicemente per un'immensità di anni, l'anima rinascerà poi in condizioni ed in ambienti più adatti all'ulteriore acquisizione e sviluppo che l'attende.

Forsanche essa potrà rinascere tra i familiari stretti e nella cerchia di qualche sapiente yogī, sebbene una tale ricompensa venga concessa solo quando sia completamente meritata ed invocata dalla legge.

In questa nuova vita egli ricupera ciò che ha acquistato nella vita precedente, ed è messo così in grado di riprendere la lezione nel punto in cui essa era stata interrotta, acquistando a poco a poco un magistero più perfetto.

Nulla di ciò ch'è stato una volta conseguito viene mai perduto con la morte: l'essenza dell'acquisizione è conservata e ridata all'anima rinata. Il suo costante sforzo per raggiungere lo yoga lo porta anche al di là di dove lo porterebbe il semplice studio delle sacre scritture.

E lavorando con pazienza, perseveranza e applicazione, liberato dagli errori e pienamente evoluto attraverso le numerose rinascite, raggiunge la meta che cerca, e ottiene pace e maestria.

Così, tu vedi come il fedele e serio ricercatore della verità – colui che fa del suo meglio e confida sempre nelle opere della legge – sia immensamente più grande degli esaltati che cercano il merito mediante la penitenza e la sofferenza autoinflitta. Anzi, egli è migliore di molti che si chiamano sapienti, ed è più meritevole di parecchi di coloro che ambiscono a meritare per mezzo delle buone opere. Perciò, o Arjuna, divieni anche tu uno che, con fede e amore, lascia fluire entro di sé il mio amore e la mia vita.

Di tutti gli yogī, o Principe, considero il più devoto colui il cui cuore trabocca d'amore per Me e si mantiene perfettamente fiducioso.

PARTE VII
DISCERNIMENTO SPIRITUALE

Allora Krsna, il Signore Beato, continuò a parlare così ad Arjuna:
Ascolta le mie parole, o Arjuna, ed apprenderai come, tenendo la tua
mente fermamente fissa su di Me e seguendo gli insegnamenti degli
yogī, invero senza dubbio mi conoscerai.

T'impartirò questa meravigliosa saggezza e sapienza, senza riserve
o freni di sorta, e, dopo un tale insegnamento, avrai acquisito quella
conoscenza che non lascia all'uomo altre cose da apprendere.

Ma ben pochi uomini, fra le migliaia della specie umana,
posseggono sufficiente discernimento per aspirare al conseguimento
della perfezione. E di questi pochi, i ricercatori fortunati sono così rari
che vi è solo qualcuno qua e là che mi conosca nella mia natura
essenziale.

Nella mia natura si trovano le otto forme note come terra, acqua,
fuoco, aria ed etere, insieme con la mente, la ragione e
l'autocoscienza.

Ma, oltre a queste, Io posseggo una natura più alta e più nobile: la
natura o il principio che sorregge e sostiene l'universo, e che puoi
chiamare l'«utero della creazione». Giacché Io sono il creatore
dell'universo, mentre sono del pari la sua dissoluzione.

Non vi è nulla al di sopra di Me. Tutte le cose dell'universo
dipendono da Me e sono sostenute da Me, precisamente come le gemme
preziose dipendono dal filo che passa attraverso ad esse tenendole tutte
insieme e sostenendole.

Io sono l'umidità nell'acqua, o Principe dei Pāndava; Io sono, o
Principe, la luce del sole e della luna; Io sono, o Compagno del Carro,
la sacra sillaba "OM" dei Veda; Io sono, o Guerriero dei Pāndava, le
onde sonore nell'aria, la virilità negli uomini, il profumo della terra, la
fiamma incandescente nel fuoco. Sì, omio Diletto, Io sono la stessa vita
di tutto ciò che vive e sono pure il vero yoga degli yogī.

Sappi, o Arjuna, che Io sono il seme eterno di tutta la natura; Io
sono la saggezza del saggio, la gloria del glorioso, la forza del forte,
l'amore della retta azione in coloro che seguono gli insegnamenti del
servizio secondo la retta azione.

Le tre nature – la natura dell'armonia, la natura dell'attività e
quella dell'inattività – sono in me, sebbene Io non sia in esse.

Il mondo degli uomini, caduto sotto l'illusione di queste tre qualità
o nature, non comprende ch'Io sono al di sopra di esse, intatto ed
invariato pur in mezzo agli innumerevoli loro cambiamenti e

vicissitudini.

Quest'illusione è densa al massimo grado ed è di difficile penetrazione per gli occhi degli uomini. Ma ci sono coloro che sono capaci di vedere attraverso l'illusione, fino a scorgere la luce della mia fiamma che vivida arde al di là del manto di fumo avvolgente, e questi vengono direttamente a Me.

Vi sono però molti che non riescono a penetrare la coltre del fumo dell'illusione: questi tali non vengono a Me, perché non mi conoscono, ma adorano gli dèi del mondo materiale e sensibile, che soli sembrano loro reali.

Vi sono, o Principe, quattro categorie di miei adoratori, che Io denomino nel modo seguente: gli afflitti, i ricercatori del sapere, i ricercatori del successo mondano e i saggi.

Di tutti questi, i saggi sono i migliori; essi riconoscono l'Uno e vivono nel mondo dell'Uno, operando alla luce del sapere. Essi invero mi amano molto, ed Io pure li amo grandemente. Considero questi come Me stesso, perché si sono uniti a Me e solo in Me trovano la propria vita.

Dopo numerose vite e dopo avere accumulato saggezza, i saggi vengono a Me, essendo consapevoli che Io sono il Tutto. Essi si chiamano *mahātma*, e sono rari e difficili a trovare fra gli uomini di basso conio.

Gli altri che, per difetto di comprensione, sono tratti ad adorare questa o quella deità con riti e cerimonie vari, trovano altri dèi. Essi trovano, cioè, quel che cercano, a seconda della loro natura.

Ma sappi, o Arjuna, e nota bene – giacché è difficile che i bigotti, i fanatici e i corti di mente e simpatia riescano a comprenderlo – che la verità è questa: sebbene gli uomini adorino molti dèi ed immagini, ed abbiano molte concezioni della deità che sono per loro oggetto di venerazione, anche se sembra che essi si op- pongano reciprocamente e facciano pure opposizione a Me, ciò nonostante, la loro fede sorge da una fede latente in Me, che in Me trova compimento. La fede che essi hanno nei loro dèi e nelle loro immagini non è che l'aurora della fede in Me; adorando queste forme e concezioni, essi desiderano adorare Me, per quanto non lo sappiano. E in verità ti dico che tale fede e venerazione, quando siano mantenute e praticate in modo onesto e coscienzioso, non mancheranno di essere da Me accettate e ricompensate.

Tali uomini fanno quanto è loro possibile, a seconda del lume della loro albeggiante conoscenza; e i benefici dei quali sono in cerca, a misura della loro fede, verranno loro concessi pure da Me, tanto è il mio amore, la mia comprensione e la mia giustizia.

Ma ricordati sempre, o Principe, che queste ricompense per desideri finiti, sebbene reali, sono, quanto alla loro natura, ugualmente finite. Le cose per le quali tali uomini pregano hanno carattere transitorio, percui sono loro date in premio cose transitorie. Coloro che adorano gli dèi inferiori – queste ombre distorte di Me – passano in mondi d'ombra governati da questi dèi d'ombra. Ma coloro che sono saggi e possono riconoscere Me come effettivamente Io sono – il Tutto, l'Uno – vengono a Me, nel mio mondo di realtà, ove non sono ombre, ma dove tutto è reale come la fiamma che produce l'ombra.

Vi sono individui che, mancando di discernimento, credono che Io possa manifestarmi ed essere visibile ai loro occhi.

Sappi, o Arjuna, che nella mia essenza non sono né manifesto né visibile agli uomini. Dietro le mie forme emanate Io rimango occulto ed invisibile agli ignoranti. Senza nascita e senza morte Io sono, sebbene il mondo, accecato dal fumo, ciò non discerna, poiché scambia l'ombra per la realtà.

Io conosco perfettamente gli innumerevoli esseri che sono passati dinanzi al mio sguardo, nel vasto campo dell'universo, sul sentiero nebbioso. E conosco del pari tutti coloro che sono ora presenti sul campo. Inoltre – grandioso mistero è questo per gli uomini, o Principe – conosco pure tutti coloro che nel futuro per- correranno il sentiero. Ma di tutti questi – passati, presenti e futuri – nessuno mi conosce in modo perfetto. Li tengo tutti nella mia mente, ma le menti loro non possono comprendere Me nella mia Essenza.

Accecati dalle coppie di opposti, o Principe; coi loro occhi ripieni del fumo dell'illusione; ricercando, anziché l'Unità, le opposte forme del simile e del dissimile, gli uomini tutti camminano nel campo dell'universo, avvolti nell'illusione.

Anzi, non tutti, poiché vi sono alcuni che si sono liberati dalle coppie degli opposti e dalle affezioni; che hanno rinunciato all'attaccamento; che hanno ripulito i loro occhi dal fumo dell'illusione. Come costoro, o Principe, conoscimi come l'Uno e il Tutto, e tieniti a Me fermo e costante, nel loro amore e nella loro de- vozione.

Coloro che mi hanno così trovato si stringono a Me, come il bambino si stringe al petto della madre. Essi sempre avanzano verso la liberazione e l'adempimento; essi conoscono il Sé Reale, l'Eterno, l'Infinito, l'Assoluto, l'Uno, Me! Conoscono le mie opere, la mia saggezza; la mia signoria su tutto ciò che esiste. Sanno che ogni vita è mia, che ogni culto è rivolto a Me. Con menti ferme e con cuori traboccanti d'amore per Me, mi riconoscono nella vita. Anche nell'ora in cui la loro anima abbandona il loro logoro corpo, costoro mi conoscono.

PARTE VIII
IL MISTERO DELL'ONNIPRESENZA

E di nuovo Arjuna parlò a Krsna in questi termini:
Dimmi, ti prego, o Krsna, mio amato maestro, che cos'è la vita universale? E che cos'è ciò che noi chiamiamo autocoscienza? E che cos'è la natura essenziale dell'azione? Inoltre, qual è la costituzione dei princìpi universali? E in che consiste la conoscenza delle schiere arcangeliche, talmente più elevata di quella dell'uomo? E qual è il segreto del tuo apparire nel corpo? Fammi sapere tutte queste cose, o sapientissimo fra i maestri, e oltre a questo dimmi come i saggi ti conoscono nell'ora della morte.

KRSNA: Io sono il Tutto da cui tutto procede. Da Me fluisce l'Anima delle anime, la vita universale, l'unica vita dell'universo. Il *karma*, che molti chiamano l'essenza dell'azione, è quel principio emanato da Me che fa vivere le cose, e le fa muovere ed agire. I princìpi universali, nella loro costituzione interiore, non sono altro che la mia volontà che si manifesta nelle leggi naturali dell'universo. La conoscenza delle schiere arcangeliche è la conoscenza dello Spirito. Il segreto del mio apparire nella carne appartiene a coloro che hanno la possibilità di comprendere i più alti insegnamenti, ed è strettamente intessuto con la legge del sacrificio.

Nell'ora della morte il saggio, con la mente fissa su di Me, viene diritto da Me, senza dubbio e senza inconvenienti di sorta.

Ma colui che lega il suo desiderio a qualcos'altro – se c'è per lui un dio più grande di Me, materiale o di altro tipo – egli va a quel dio della materialità o della super materialità. Ognuno va dove la sua passione predominante, forte anche nell'ora della morte, lo dirige.

Perciò, fai sì che sia Io la tua passione predominante, anche nel momento della morte, e combatti quindi la battaglia che t'incombe.
Con la mente e l'intelletto fermamente fissi su di Me, sicuramente verrai a Me.

Allo Spirito va chi, mettendo da parte qualsiasi altro desiderio, vive la vita dello Spirito pensando ed agendo sempre rettamente.

Allo Spirito va colui che appartiene allo Spirito.
Chi crede, con mente illuminata, che l'Eterno sia onnisciente e onnipotente, infinitamente piccolo e infinitamente grande, il sostegno di tutte le cose, l'essenza invisibile, l'oppositore dell'oscurità – e ciò con la mente costantemente fissa sul proprio compito, e con le sue potenze vitali dedite al raggiungimento dell'unico fine – giunge allo Spirito divino ed immortale.

Vi è un sentiero che conduce allo Spirito, a ciò che coloro i quali sono ben versati nei *Veda* (o sacre scritture) chiamano l'Immortale. Ora, è appunto tale sentiero che gli uomini forti, i quali sono riusciti a dominare le loro menti ed a controllare le passioni, cercano di battere. È questo il sentiero prescelto da coloro che fanno voto di continenza e d'ascetismo, e studiano e pensano alle cose divine. Ascolta, e ti darò notizia di questo sentiero.

Chiudi ermeticamente quelle porte del corpo che gli uomini chiamano le vie dei sensi. Concentra la tua mente sul tuo sé interiore. Fai che il tuo "io" dimori, con tutta la sua forza, nella propria dimora, senza cercare di venirne fuori. Mantieniti fermo e saldo, fortificato dal tuo potere di *yogī* e ripeti in silenzio la mistica sillaba "OM" (il simbolo del mio Essere come creatore, conservatore e distruttore, secondo le lettere o i suoni di essa). Se ti terrai fedele a questo, quando abbandonerai la tua spoglia mortale, col tuo pensiero fisso sopra di Me, ti porrai sul sentiero della suprema beatitudine.

Chi pensa costantemente e fissamente a Me, o Principe, e non fa deviare la sua mente verso altro oggetto, potrà trovarmi senza eccessiva fatica. Sì, chi è devoto a Me, mi troverà.

Una volta che i saggi mi abbiano raggiunto, essi non hanno più bisogno di rinascere sulla terra, su quel piano di dolore e limitazione. No, non vi è davvero per loro una simile necessità, avendo essi oltrepassato questi stadi inferiori e raggiunto il piano della beatitudine.

I mondi e gli universi, ed anche il mondo di Brahmā, un solo giorno del quale è come mille *yuga* (quattro miliardi d'anni terrestri) e la sua notte altrettanto, vanno e vengono, ma anche quando passano e ripassano, le anime dei Saggi che mi hanno raggiunto non tornano indietro.

Ai giorni di Brahmā succedono le notti di Brahmā. Nei giorni di Brahmā tutte le cose emergono dall'invisibilità e diventano visibili. E col sopravvenire della notte di Brahmā, tutte le cose visibili sfumano nuovamente nell'invisibilità. L'universo, una volta esistito, scompare, però attenzione: è nuovamente ricreato.

Ti parlerò, o Principe, di quel tempo della morte in cui gli uomini, trapassando, non ritorneranno; e di quel tempo della morte in cui essi, trapassando, faranno nuovamente ritorno alla terra.

Chi parte nella luce non fa ritorno a questo piano di dolore.

Ma chi parte nell'oscurità ritorna nella natura mortale quante volte gli è necessario prima di trovare la luce.

Il vero *yogī* comprende tutto questo, o Principe! Perciò, perfezionati nello *yoga*, o Arjuna, Principe dei Pāndava!

Il frutto di questa conoscenza, o Arjuna, sorpassa tutti i premi di virtù indicati agli studiosi delle sacre scritture; tutte le adorazioni; tutti i sacrifici; tutte le austerità; tutte le elemosine, per quanto grandi esse possano essere. Lo *yogī*, versato nella conoscenza della verità, procede oltre queste cose ed ha la precedenza rispetto a coloro che le seguono. Egli raggiunge così la meta suprema.

PARTE IX
LA CONOSCENZA REGALE

Allora Krsna, il Signore Beato, parlò così al Principe Arjuna:
Ed ora, fedele e devoto Arjuna, voglio impartirti la conoscenza finale e suprema, la sapienza regale, il cuisegreto, una volta che ti sarà noto, o Principe, ti libererà dal male e dalle disgrazie.

È questa la vera scienza regale, il segreto reale, il purificatore imperiale, di facilissima comprensione intuitiva per uomini del tuo pari, di compimento non arduo, indefettibile ed infallibile.

Coloro che non posseggono questa conoscenza, non mi trovano, e perciò rinascono più volte in questomondo di nascita e di morte.

Quest'universo, nelle sue parti e nel suo complesso, è un'emanazione di Me, ed Io lo riempio nella mia forma invisibile, sì, proprio Io, l'Immanifesto. Tutte le cose appartengono a Me, ma non Io ad esse.

Guarda però, o Principe, di non cadere in errore credendo addirittura che tutte le cose siano Me stesso. Io sono il sostegno di tutte le cose, ma Io non sono tutte le cose.

Sappi che, proprio come il vasto volume dell'aria, dappertutto presente ed in costante attività, è sostenuto e contenuto nell'etere universale, così tutte le cose manifeste hanno fondamento in Me, l'Immanifesto. È questo il segreto, o Arjuna; ponderalo bene.

Alla fine, d'un *kalpa*, cioè di un giorno di Brahmā, di un periodo di attività creativa, Io ritiro entro di Me tutte le cose e tutti gli esseri. E, al principio di un altro *kalpa*, emano tutte le cose e tutti gli esseri, compiendocosì di nuovo il mio atto creativo.

Attraverso la natura, la quale è pure mia, emano sempre di nuovo tutte queste cose che costituiscono l'universo, per mezzo del potere di questa natura, che di per sé è senza potere.

Ma Io, o Principe, non sono per nulla vincolato a queste opere, perché siedo in alto, non affetto né legatodalle azioni.

Impongo la mia potenza sulla natura, ed essa costruisce ed abbatte, producendo l'animato e l'inanimato. È così che procede ed opera l'azione universale.

I non illuminati, vedendomi in forma umana ed essendo ignari della mia vera natura come supremo Signore di tutto, non si curano di Me e non hanno che scarsa stima di Me.

Essi nutrono solo vane speranze e sono dediti solo ad azioni di poco conto; mancano di saggezza e vivono sui piani inferiori del loro essere, consistendo il loro più alto sviluppo nella natura cattiva, brutale ed ingannevole.

Ma i saggi, coloro che hanno scoperto la loro natura più elevata, sanno che Io sono l'origine infinita ed eterna di tutte le cose, e mi adorano con animo semplice.

Consci sempre della mia potenza, essi mi adorano continuamente, fermi nella loro fede e scrupolosi nella loro devozione, non sviati o tentati da altri culti o devozioni. Altri mi vedono in varie forme ed aspetti, e mi adorano perciò in vari modi. Io sono adorato come l'Uno e come i Molti.

Sì, in tutte le adorazioni sono Io.

In verità, Io sono il culto, il sacrificio, la libagione offerta alle anime degli antenati, gli aromi del sacrificio, le preghiere e le invocazioni. Io sono il *mantra*, l'incenso bruciato e il burro sacrificato agli dèi; il fuoco che consuma l'offerta e ciò che viene consumato dal fuoco.

Sono anche il Padre dell'Universo e similmente la Madre, nonché il Conservatore di questo. Sono il Santo che tutti cercano di conoscere. Sono la parola mistica "OM", e i tre libri sacri o *Veda*: Rg, Sāma e Yajur.

Sono pure il Sentiero, il Consolatore, il Creatore, il Testimonio, il Luogo di Riposo, il Luogo di Rifugio e l'Amico di tutti. Sono l'Origine e la Fine, la Creazione e la Distruzione, il Serbatoio, il Seme Eterno.

Sono lo Splendore del Sole e la Pioggia. Faccio uscire da Me e ritiro in Me.

Sono la Morte e tuttavia sono l'Immortalità. Sono l'Essere e il Non Essere, sono l'Uno oltre entrambi.

Coloro che sono versati nei *Veda* ed offrono molti sacrifici, bevendo il sacro succo del *soma* al termine del sacrificio e cercando così la purificazione secondo gli antichi riti, in realtà pregano Me e mi supplicano affinché indichi loro la via che conduce al cielo. In tal modo, essi ottengono il loro regno celeste e partecipano dei cibi celesti, nonché delle gioie divine.

Ma quando hanno partecipato alle celesti delizie e alle gioie divine, allorché hanno goduto i piaceri di quel vasto mondo ed esaurita così la ricompensa per le loro buone azioni, virtù e pratiche religiose, essi sono dalla legge riportati indietro alla rinascita in questo piano di dolore che chiamiamo terra. Essi hanno seguito la via finita e transitoria, ed hanno ricevuto un premio altrettanto finito e transitorio. Seguendo i precetti dei *Veda*, e divenendo buoni religiosi e osservatori di forme, prendono a desiderare queste ricompense, e i loro desideri si adempiono nel frutto della realizzazione, ognuno secondo il suo tipo. I desideri transitori e finiti fioriscono in premi finiti.

Ma colui che mi tiene costantemente a mente e non serve altri, sarà definitivamente salvato; per lui Io compio il sacrificio e le cerimonie. Egli è mio!

Di nuovo, però, ricorda, o Principe, che anche coloro i quali adorano altri dèi, adorano Me, sebbene non lo sappiano. Se sono pieni di amore e di fede, considero questi come indirizzati a Me e do loro il premio a seconda dei loro meriti e dei loro desideri. Ma ancorché tutti questi tali mi adorino e siano ricompensati a seconda dei loro meriti, a causa del loro difetto di conoscenza di Me nella mia Essenza, debbono a suo tempo lasciare il cielo e ritornare nuovamente sulla terra per rinascervi.

Ognuno va presso ciò ch'egli adora, a seconda del suo grado di comprensione spirituale. Coloro che adorano dèi personali, o angeli, vanno ad abitare con dèi personali ed angeli; coloro che adorano gli antenati vanno a stare con gli antenati; coloro che adorano gli spiriti vanno nel regno degli spiriti. E coloro che adorano Me, nella mia Essenza vengono ad abitare con Me nella mia Essenza.

Ma sappi, Arjuna, ch'Io non disprezzo il culto della gente umile e semplice, che, nella sua pietà amorosa, mi fa doni di foglie, di fiori, di frutti e d'acqua. Ti dico che accetto e godo di tali offerte da parte di questi miei figli, e le accetto nello spirito del dono con cui vengono fatte. Accolgo tutti i sacrifici, non per il valore del dono, ma per lo spirito dell'offerta.

Perciò, qualunque cosa tu faccia, o Principe – si tratti di mangiare, di dare, di sacrificare o di compiere cerimonie o riti – fai queste cose in modo serio, offrendole a Me.

E offrendo a Me tutte le tue opere, sarai liberato dai vincoli dell'azione e dalle conseguenze di questa.

Col tuo spirito così bilanciato ed armonizzato, verrai a Me quando sarà il tuo tempo.

Guardo i miei figli del mondo – tutti gli esseri viventi – con uguale occhio e senza parzialità. L'uno non mi è né più caro né meno caro dell'altro. Coloro che mi adorano con devozione, trovano realmente la via del mio cuore: Io sono in loro ed essi in Me.

Se qualche malvagio si volge a Me con tutto il cuore, si è già incamminato per il sentiero della rettitudine che porta a Me.

E s'egli persiste nella sua saggia risoluzione, o Arjuna, non mancherà di diventare virtuoso e di raggiungere la pace come l'uomo pio.

Tieni per certo, o Arjuna, che chi è mio servo fedele non perisce.
Tutti coloro che cercano la santificazione in Me, o Principe dei Pāndava
– anche coloro che sono nati nel grembo del peccato – camminano per i
sentieri più elevati se ripongono in Me le loro speranze e la loro fede.
E se le cose stanno così, o Principe, la salvezza dei santi e dei sapienti è
certa.

Considera quindi questa terra come una dimora finita e
transitoria; conoscimi, adorami e tieniti attaccato a Me senza far deviare
la tua mente: è così che ti unirai a Me e raggiungerai la meta suprema.

PARTE X
PERFEZIONE UNIVERSALE

Krsna, il Signore Beato, continuò così a dire ad Arjuna, Principe dei Pāndava:
Ascolta le mie parole, o forte Capo dei Pāndava, mentre t'impartisco i miei supremi insegnamenti, desiderando il tuo bene. Sappi che sei da Me, o Arjuna, grandemente amato.

Sappi or dunque che né gli angeli, né gli dèi, né i grandi spiriti, né gli adepti, né altri d'elevata conoscenza, hanno nozione del mio principio; poiché Io ero prima che gli angeli, gli dèi, i grandi spiriti o gli adepti fossero; anzi, sono Io stesso il loro principio.

Colui che, nella sua saggezza, sa che Io sono senza nascita e senza principio, eterno, senza inizio, e supremo Signore di tutto ciò che venne dopo di Me, costui, liberato dall'illusione e dall'errore, sarà esente dalle conseguenze del peccato.

Sappi che quelle cose che sono nominate: ragione, conoscenza, saggezza, pazienza, verità, remissione, dominio di se stesso, calma, piacere e dolore, nascita e morte, coraggio e paura, misericordia, gioia, carità, serietà, fama ed infamia, tutte queste varie qualità personali provengono da Me.

Pure da Me vennero i sette grandi saggi, e i quattro esseri originali o *Manu*. Tutti emanarono dalla mia mente, e da loro venne fuori la razza che popola il mondo.

Chi ha nozione di questa verità circa la mia sovranità e la mia essenziale super universalità è senza dubbio dotato di fede pronta, intelligente e scevra da errore, nonché di devozione.

Io sono l'Emanatore di tutto ciò. Ogni cosa fluisce da Me. Conoscendo questa verità, i saggi mi riveriscono e mi adorano con anima rapita.

Avendo sempre Me in mente e tenendo sempre occupati da Me i sacri recessi dei loro cuori, essi so- no ripieni di segreta gioia e di calma contentezza. E dall'interno delle loro menti e dei loro cuori Io costantemente li illumino e li ispiro, di modo che essi sono una costante sorgente d'ispirazione l'uno all'altro, e i loro lumi interiori si combinano per illuminare il mondo dell'oscurità e dell'ignoranza. A tali individui, di mente e di fede serena, Io dono la discriminazione e la visione spirituale, che essi dispiegano in coscienza spirituale, mercé la quale conoscono Me e vengono a Me.

Il mio grande amore verso questi miei fedeli fa sì ch'Io rifulgo dal loro interno alla luce dello Spirito, e le zone oscure dell'ignoranza che esistevano nei loro spiriti vengono così rese lucenti e splendenti di saggezza.

ARJUNA: In verità, Tu sei il Supremo Signore, *Parabrahman*, superiore anche al grande Bra- hmā. Gli dèi, i saggi, gli angeli e le anime sante ti riconoscono come la Dimora suprema, l'Eterno supremo, l'Uno infinito e puro, l'Essere assoluto, onnipotente, onnipresente ed onnisciente; ed hai or ora proclamato a me questa verità.

Ed io ti credo pienamente e senza riserva, o Beato Signore di tutto. La tua presente manifestazione in- carnata – il grandioso mistero della tua presenza in forma terrena – non è compresa né dagli dèi, né dagli angeli, né dalle anime potenti di tutti i mondi.

Solo Tu comprendi Te stesso; Tu, fonte di vita; Tu, supremo Signore di tutto l'universo degli universi; Dio degli dèi; maestro e regolatore di tutto ciò che è, è stato e mai sarà; senza principio e senza fine; senza limiti da qualsiasi parte: Tu sei questo e infinitamente di più, o Beato!

Io, tuo indegno allievo, ti supplico di farmi sapere per quale meraviglioso potere hai pervaso tutto l'universo e, ciò nonostante, sei rimasto Tu.

Come potrò io conoscerti, sebbene costantemente ti adori? Come potrò pensare a Te, come devi Tu essere meditato, o Signore, quando non conosco la tua propria forma?

Fammi conoscere appieno, ti prego, i tuoi poteri e le tue forme di manifestazione, e parlami delle tue distinzioni e delle tue gloriose compiacenze, poiché, in verità, ho sete di tale conoscenza come si ha sete di acqua viva. Infatti, le tue parole sono per me come chiare acque che saziano la sete di colui al quale è stata negata l'acqua per molti giorni di seguito. Accordami il sommo bene delle tue parole, o Signore!

KRSNA: A te vadano, o amato Principe, le mie benedizioni e la pace! Voglio farti consapevole delle mie più grandi distinzioni divine e delle mie manifestazioni. Ciò deve bastarti, perché sappi che infiniti sonola mia natura essenziale, il mio essere.

Io, o Principe, sono lo Spirito ch'è bene assiso nella coscienza di tutti gli esseri, il cui riflesso è da ognuno conosciuto come "Io" ovvero come l'Ego. Sono il principio, il mezzo e la fine di tutte le cose.

Fra gli dèi solari sono il Supremo creatore. Fra i soli che splendono, sono il sole supremo. Sono il motore supremo dei venti. Fra gli astri sono la Luna, che splende più di tutti gli altri.

Fra i *Veda*, o libri sacri, sono il libro maggiore o *Libro dei Cantici*. Sono il Dio supremo. Sono lamente e la vita.

Fra gli attributi del destino, sono il destino. Fra i geni della buona fortuna e della cattiva fortuna, sono la fortuna. Fra le cose originarie sono l'Essere originario.

Fra i maestri, sono il maestro dei divini maestri. Fra i generali sono il condottiero delle armate celesti. Fra i corpi acquei, sono l'oceano.

Fra i saggi sono la saggezza. Fra le parole sono la sacra sillaba "OM". Fra i devoti, sono il nome di

Dio. Fra i monti sono lo Himālaya. Sono il saggio dei saggi. Sono il santo.

Fra i cavalli sono il potente cavallo che sorse con l'*amrta* dall'oceano. Fra gli uomini sono l'imperatore degli imperatori.

Fra le armi sono la saetta divina. Fra gli amanti sono l'amore. Fra i serpenti sono il serpente eterno, le cui estremità congiungentisi non sono che un simbolo dell'anello dell'eternità, senza principio e senza fine. Fra le creature delle profondità sono il Dio dell'oceano. Sono il giudice del giorno del giudizio. Sono lo Spirito.

Sono l'Eternità. Fra le bestie sono il leone. Fra gli uccelli sono *Vainateya*, l'uccello delle storie favolose, le cui ali si estendono fino alle estremità della terra. Fra i purificatori sono l'aria pura. Fra coloro che portano armi, sono il Signore delle armi. Fra i pesci, sono *Makara* il potente pesce delle leggende. Fra i fiumi sono il sacro Gange.

Fra le cose mutevoli, sono il principio, il mezzo e la fine. Sono la conoscenza assoluta.

E sono pure il conservatore che non fallisce mai, il cui sguardo è rivolto in tutte le direzioni, e nonpermette ad alcuno di perire.

E sono pure la morte, dalle cui visite nessuno è esente, mentre sono del pari la rinascita che dissolve la morte. Sono la fama, la fortuna, l'eloquenza, la memoria, la comprensione, la fortezza e la pazienza.

Fra gli inni sono l'Inno degli inni, o *Brhatsāman*. Fra i metri armoniosi sono la *Gāyatrī*, ovvero il più armonioso di tutti. Fra le stagioni sono la stagione dei fiori. Sono lo splendore delle cose splendide.

Sono la vittoria, la serietà, la determinazione e la verità dei veritieri.

Sono il capo dei grandi clan e delle famiglie. Sono il saggio dei saggi, il poeta dei poeti, il bardo deibardi, il veggente dei veggenti, il profeta dei profeti.

Per i governanti degli uomini sono lo scettro del potere. Fra gli statisti e coloro che cercano di conquistare, sono l'arte di governare la politica. Fra i silenziosi sono il silenzio. Sono la saggezza.

In breve, o Principe, sono Ciò che costituisce il principio essenziale nel seme di tutti gli esseri e di tutte le cose della natura, ed ogni cosa – sia essa animata o inanimata – è ripiena di Me. Senza di

Me nulla potrebbe esistere, neanche per il tempo che occorre a battere le palpebre.

Le mie manifestazioni sono senza fine, o Arjuna, e i miei poteri sono infiniti in qualità e in varietà. Ogni essere o cosa che può essere conosciuta è il prodotto d'una parte infinitesimale della mia potenza e della mia gloria. Quelli che ho menzionato non sono che trascurabili esempi tra tanti simili.

Ciò ch'è noto a te come esistente, sappi ch'è solo una minuscola manifestazione del mio infinito potere e della mia gloria.

Ma perché preoccuparti di tutta questa conoscenza e di tutti questi esempi? Sappi, o Arjuna, che ho reso manifesto tutto quest'universo solo con un frammento infinitesimale di Me stesso, e tuttavia seguito ad essere il suo Signore, non affetto e separato da quello, sebbene completamente lo pervada.

PARTE XI
LA MANIFESTAZIONE UNIVERSALE

Arjuna disse allora a Krsna il Signore Beato:
Tu hai fatto scomparire la mia illusione e la mia ignoranza con le tue parole di saggezza circa il supremo mistero dello Spirito, che mi hai rivelato per il tuo grande amore e per la tua grande pietà verso di me.

Da Te ho appreso tutta la verità circa la creazione e la distruzione di tutte le cose, nonché circa la tua grandezza ed immanenza che tutto abbraccia.

Tu sei davvero il Signore di tutto, così come ti descrivi Tu stesso.

Ma ti prego di darmi un segno finale del tuo amore per me, o Signore e maestro.

Vorrei, se lecito, che Tu ti mostrassi a me nel tuo proprio aspetto e forma di Spirito immortale.

KRSNA: Poiché mi domandi questo, o Arjuna, ti accontenterò.

Potrai allora contemplare, o Principe, i miei milioni di forme divine, di ogni foggia, specie, colore e qualità.

Vedrai anzitutto le innumerevoli armate celesti e gli esseri celestiali: angeli ed arcangeli, dèi planetari, reggitori di universi, e tanti altri esseri meravigliosi e potenti che a malapena potresti sognarti anche nelle tue più ardite speculazioni e fantasie, o Arjuna.

Vedrai poi come una grande unità entro il mio corpo: l'intero universo animato e inanimato, e tutte le altre cose che la tua mente ti costringerà a vedere. Metti in piena attività i tuoi desideri e le tue speranze, come pure la tua immaginazione; ed ecco, tutto ciò che avrai desiderato o sperato, ed anche immaginato, lo vedrai dentro di Me.

Ma non con i tuoi occhi naturali umani vedrai queste cose, o Arjuna, perché essi sono finiti ed imperfetti. Ora, però, ti doterò dell'occhio dello Spirito, col quale potrai vedere la gloriosa visione che ti attende.

Dopo aver detto ciò, Krsna, il Beato Signore dei Signori, si mostrò ad Arjuna nell'aspetto del Supre- mo e dell'Assoluto, attraverso le sue manifestazioni. E tale aspetto si manifestò come Molti in Uno. I Molti avevano milioni d'occhi e di bocche, molti aspetti meravigliosi, molte forme d'armi brandite, gioielli e vestimenti d'ogni sorta. Il Volto dei volti era rivolto ovunque ed in tutte le direzioni.

La gloria e lo splendore d'un milione di soli impallidirebbero e diverrebbero quasi nulla dinanzi a quella visione del Volto Potente.

Allora Arjuna vide l'Universo separato nelle sue molteplici parti e varietà, come Uno entro il corpo di Krsna, il Signore di tutto.

E il Principe dei Pāndava fu preso da timore e da meraviglia, e i capelli gli si rizzarono sulla testa come steli d'erba nel campo. Quindi, con le mani giunte, in atteggiamento di devozione e di preghiera, chinò la testa dinanzi al Signore e disse:

O potente Signore, entro la tua forma vedo gli dèi minori, gli arcangeli, gli angeli e tutto il corteo celeste degli esseri di grado maggiore e minore. Nel tuo interno vedo anche Brahmā, il Creatore, seduto sul suo trono di loto, circondato dai reverendi saggi e dai sapienti.

E da ogni parte, in infinita varietà, vedo le innumerevoli forme di tutti gli esseri viventi. Con milioni di braccia, di occhi e di corpi mi appari, ma anche così non riesco a scoprire il tuo principio, il tuo centro e la tua fine.

Ti vedo con una corona di gloria universale, armato di armi universali di grandiosa potenza. E vedo dardeggiare da Te, da ogni parte, meravigliosi raggi di fulgente e glorioso splendore. È veramente difficile vederti in modo completo, poiché la luce, come se si sprigionasse da milioni di milioni di soli, moltiplicata ed ingrandita per milioni e milioni di volte, fa abbagliare anche l'occhio divino di cui mi hai dotato.

In verità, Tu sei il Supremo Signore, sempre immanente, che comprende tutto ciò che esiste, o può essere pensato o conosciuto. Tu sei davvero il conservatore e il reggitore dell'universo, nonché la fontana della saggezza! Tu sei l'antico di giorni e il senza principio! Spirito dello Spirito Tu sei! Sì, Tu sei l'Assoluto!

Senza principio, senza centro e senza fine, con braccia infinite, con infinito potere, con occhi simili a soli, con una radianza che fluisce da Te e riempie l'intero universo: ecco come io ti vedo. I cieli e la terra, come pure tutto lo spazio tra di essi e intorno ad essi, sono ripieni di Te solo, ed ogni punto ed angolo ti contiene! I tre mondi mirano il tuo tremendo aspetto con timore e smarrimento.

Mentre volano verso di Te per rifugio e protezione, vedo accorrere a frotte le meravigliose schiere degli eserciti celesti con le palme giunte ed in reverente atteggiamento. Vengono tutte le divine schiere degliesseri celesti, che gli uomini chiamano con molti nomi: *Maharsi, Siddha, Rudra, Āditya, Vasu, Visva, Asvin,Kumāra, Marut, Ūsmapa, Gandharva, Yaksa, Asura,* e tutte le altre armate dei mondi, delle regioni e dei piani celesti e divini: tutti fanno capo a Te come i fiumi all'oceano; tutti contemplano il tuo Essere con sorpresa e meraviglia!

Vedo i numerosi mondi compresi da timore e grandemente stupiti alla vista delle tue meravigliose manifestazioni.

Ti vedo toccare i cieli e rilucere di glorioso splendore, di tutte le tinte, sfumature e colori. I miei propositi vengono meno e sono senza calma e senza pace. Vedo il tuo aspetto tremendo e terribile come l'eternità. E vorrei fuggire da Te, ma ovunque io vada non posso sottrarmi alla tua presenza, poiché nessun luogo vi è al di fuori del tutto. Abbi pietà di me, o Signore e Tutto, o asilo dell'universo!

Ed ecco, ora vedo i figli di Dhrtarāstra, i principi Kuru, e con loro le altre migliaia di re e reggitori della terra. Con loro giungono Bhīsma e Drona, e i potenti guerrieri delle schiere. Oh, orrore degli orrori! Mentre li sto osservando, vedo gli eserciti entrare di corsa nelle tue ardenti bocche spalancate, fra le terribili schiere dei tuoi denti. Molti sono azzannati da Te, maciullati e ridotti in poltiglia.

Come i fiumi dalle correnti rigonfie si riversano tumultuosamente nel mare, così correnti vive di guerrieri si riversano e precipitano nelle tue bocche fiammeggianti con tanta fretta come se cercassero la loro distruzione.

Come falene che alla sera in gran numero volano sempre più veloci trovando la propria distruzione nella vivida fiamma, così questi generali, capi e guerrieri entrano correndo nelle tue bocche e vi vengono consumati e ridotti in cenere e polvere.

Ti vedo attirare nelle tue fauci ardenti, divorare, inghiottire e consumare tutti quanti gli uomini, da ogniparte e senza limiti, mentre i tuoi potenti raggi s'irradiano con terribile forza in tutto l'universo. In verità, Tu consumi i mondi, o Krsna, Signore di tutto!

Mi prostro dinanzi a Te, e ti prego, o Signore, con le mani giunte. Ma anche mentre ti prego immerso nel timore di Te, ti supplico di farmi sapere che cos'è questo che io vedo in Te. Dove sei Tu e che cosa seiTu nel tuo proprio aspetto?

KRSNA: Tu mi vedi come Tempo, pienamente maturo e completo, il distruttore del genere umano, chegiunge qui per afferrare e consumare tutti coloro che stanno dinanzi a Me. Sappi or dunque che, ad eccezione di te che sarai salvato, neppure uno di questi molti guerrieri, che schierati in battaglia si guardano con fiero cipiglio, potrà sfuggire a Me.

Sorgi quindi e combatti la tua battaglia! Assolvi bene il tuo compito come guerriero e come capo! Conquista rinomanza e fama in battaglia! Batti i tuoi nemici ed entra con gioia nel regno conquistato! Giacché sappi che essi sono già sopraffatti e battuti da Me. Tu sei soltanto il mio agente immediato; lo strumento che esegue il decreto di ciò che gli uomini chiamano Destino.

Uccidi dunque Drona, Bhīsma, Jayadratha, Karna e tutti gli altri guerrieri presenti sul campo, perché essi sono già uccisi da Me nel destino e nella legge. Combatti quindi senza paura e senza ritirarti, e distruggerai i tuoi rivali e nemici delle opposte schiere! Combatti, Arjuna, combatti!

Allora Arjuna, il Principe dei Pāndava, dopo avere intese queste parole di Krsna, il Signore Beato, si prostrò dinanzi a quest'ultimo con le mani giunte e con contegno devoto. E indirizzandosi a Lui proruppe, vivamente commosso, in queste parole:

O Krsna, beato Krsna, l'universo gioisce ed è ricolmo del tuo potere e della tua gloria! I cattivi spiriti fuggono terrorizzati quando ti vedono, mentre le schiere dei santi cantano le tue lodi e ti adorano con timore e venerazione.

E perché, o Signore, non dovrebbero tutti gli esseri potenti prostrarsi di fronte a Te in adorazione ed umiltà? Non sei Tu, infatti, l'Essere degli esseri, il Potente dei potenti, il *Brahman* di *Brahmā*, il Creatore Supremo, l'eterno Dio degli dèi, il Mondo che contiene i mondi? Tu sei l'Essere e il Non Essere, ed anche ciò che sta dietro a questi: Tu sei l'infinito, eterno Assoluto.

Tu sei il Sostenitore di tutto, lo Spirito dello spirito, Tu sei tutta la saggezza nota, e il possessore di tutta la saggezza, l'assoluta saggezza sei Tu! Tu sei la dimora degli universi. Da Te fu emanato ed esteso l'universo!

Vāyu, il dio del vento; Agni, il dio del fuoco; Varuna, il dio degli oceani; Sasānka, la luna; Prajāpati, il dio delle nazioni; Prapitāmaha, il comune antenato della razza: tutti questi sei Tu, o Krsna mio Signore e mio amore. Venerazione su di Te, moltiplicata e magnificata mille volte. Venerazione su di Te ripetutamente per milioni di milioni di volte, ed ancora per milioni di milioni di volte, sia tua questa ripetuta venerazione, o Infinito! Che Tu sia riverito da ogni parte, d'innanzi e di dietro! O Onnipotente, Onnipresente, Onnisciente, che sei Tutto in tutti, infinita è la tua gloria! Tu contieni entro di Te tutte le cose, poiché Tu sei tutte le cose e più di tutte le cose!

Ohimè, ohimè! Nella mia ignoranza, o Signore, e considerandoti semplicemente come amico mio, ti ho chiamato con familiarità: O Krsna, o amico! e con altri nomi familiari. Ciò feci io nel mio amore e giudizio ignoranti e nel mio sentimento di fraternità. Ignaro della tua vera natura e della tua grandezza ero io: di qui il mio errore; di qui la mia grande presunzione. E Tu, Tu sei stato anche trattato da me con irriverenza ed indebita familiarità nei giochi e nei divertimenti, in pubblico in molte e varie occasioni. Per tutto questo, o Essere assoluto e infinito, chiedo umilmente la tua indulgenza e il tuo perdono.

Tu sei il generatore dell'animato e dell'inanimato; il saggio istruttore di tutti coloro che cercano la saggezza; Quello solo veramente degno di essere adorato; Colui come il quale non c'è nessuno! Sì, in tutti e tre imondi non vi è nessuno come Te!

Perciò mi prostro fino a terra e ti prego di perdonarmi e d'avere misericordia di me. Signore, Signore, Krsna, mio Signore! Venerabile Signore! Comportati con me come un padre si comporta col figlio; un amicocon un amico; un amante col suo amato! Così comportati con me, o Signore!

Favorito in sommo grado sono io per aver visto ciò che nessuno ha mai visto, e sono felicissimo per essere stato così favorito ed essere stato testimone di tali cose, o Signore; sì, quando ricordo ciò che ho veduto, il mio cuore batte forte, ed il mio anelito si fa rapido, tanto è sopraffatta la mia mente. E tuttavia, proprio dalla mia soggezione nascono le mie parole, mentre ti chiedo un altro dono. Ti supplico, infatti, di mostrarti a me nella tua forma celeste. Assumi dunque, o Unico dalle mille braccia, o formatore universale di forme, assumi, ti prego, la forma familiare nella quale ti ho veduto innumerevoli volte ed a cui posso guardare senza eccessivo timore.

KRSNA: Arjuna, per amore ed affezione verso di te, ti ho mostrato, col mio divino potere, questa mia suprema forma come universo, in tutta la sua splendida gloria, eterno ed infinito. Nessuno all'infuori di te ha mai avuto questa visione.

Giacché sappi che una tale visione non può essere ottenuta quale ricompensa né per lo studio dei *Veda*, né per sacrificio, né per grande dottrina, né per carità, né per elemosine; né per buone azioni; e neppure per penitenza e negazione di sé. Neppure queste cose, per grandi che possano essere, possono avere come premio la visione di Me, ch'è stata in tutti e tre i mondi solo concessa a te.

Non spaventarti, non confonderti e non lasciare che si compromettano le tue facoltà per aver visto – testimone di queste cose – la mia forma che tanto timore t'incute. Allorché la tua mente si sarà liberata dalla paura, e la pace e la calma saranno ritornate in te, potrai di nuovo contemplare la mia forma meravigliosa!

Allora Krsna, il Signore beato, dopo avere in tal modo rassicurato Arjuna, assunse la sua forma mitigata e meno terribile, e consolò l'animo terrificato di Arjuna.

E così rassicurato, confortato e liberato dai suoi timori, Arjuna disse a Krsna:

Guardandoti ora nella tua forma meno terribile, o Signore, sono di nuovo me stesso e in uno stato mentale più calmo e meno agitato.

KRSNA: Sì, o Arjuna, tu hai contemplato la mia forma meravigliosa, che persino gli dèi, gli arcangeli e la più alta schiera celeste domandano insistentemente da lunga pezza di vedere.

Ma costoro non possono vedermi come tu mi hai veduto. No, nemmeno attraverso la lettura dei *Veda*, la negazione di sé, la carità e i sacrifici.

Soltanto mediante la suprema devozione a Me posso essere così percepito, o Principe, e chi percepisce in tal guisa gli uomini e conosce Me, entra veramente nella mia essenza e si unisce a Me.

Chi opera solo per Me, colui del quale Io sono il bene supremo; il mio vero devoto, libero dall'attaccamento a tutto tranne che a Me, incurante delle conseguenze e libero da odio verso qualsiasi essere o cosa, in verità ti dico che questi viene a me, o Arjuna; costui viene a Me.

PARTE XII
LO *YOGA* DELLA DEVOZIONE

Di nuovo Arjuna si rivolse a Krsna:

Dimmi, o Signore: di coloro che ti adorano e servono, con mente ferma e ben controllata, come Tu mi hai orora accennato, chi ti serve meglio e nella maniera più degna? Chi si trova sul miglior sentiero: coloro che ti adorano come Dio nella tua forma rivelata, o coloro che ti adorano come l'Assoluto, il Non Manifesto, l'Infinito? Quale di queste due categorie di *yogī* è più profondamente versata nello *yoga*?

KRSNA: Coloro che hanno fortemente concentrato la loro mente in Me come Dio, e mi servono con saldo zelo e fede inattaccabile e ferma, sono considerati da Me come i più devoti.

3-4] Ma anche coloro che mi adorano come l'Assoluto, l'Infinito, l'Immanifesto, l'Onnipresente, l'Onnipotente, l'Onnisciente, l'Inconoscibile, l'Impensabile, l'Ineffabile, l'Invisibile, l'Eterno, l'Immutabile, il Tutto, oppure come Ciò a cui sono applicati simili termini con i quali si cerca di esprimere simili concezioni dell'Essere, anche quelli che mi adorano in tal modo e, dominando la loro mente e i loro sensi, considerano tutte le cose della natura come buone e godono per il benessere di tutti, vengono ugualmente a Me.

Il sentiero di coloro che sono attratti da Me come l'Assoluto e l'Immanifesto è molto più difficile a percorrere di quello di coloro che mi adorano come Dio manifesto ed avente forma. Questa concezione dell'Assoluto è estremamente difficile a realizzarsi nella mente finita dell'uomo. È cosa di somma difficoltà per il visibile comprendere l'invisibile, per il finito l'infinito, per chi possiede qualità ed attributi. Ciò che non possiede né le une né gli altri, ma è tuttavia al di sopra di questi.

E ti dico inoltre, o Arjuna, che coloro i quali fissano la loro mente unicamente in Me, e vedendo in Mel'attore delle azioni, mi adorano con animo semplice, senza paura o speranza di premio, pure essi saranno da Me sottratti all'oceano del cambiamento e della mortalità.

Poni in modo fermo la tua mente in Me, e fa' in modo che il tuo intelletto penetri nel mio essere, dopo diche invero entrerai in Me, al di là di questo mondo.

Ma se non puoi, o Arjuna, tenere la tua mente fermamente fissa in Me, allora cerca di giungere a Me attraverso il sentiero della pratica e della disciplina.

E se anche così non puoi arrivare fino a Me, allora cercami per il sentiero del servizio attraverso la retta azione. Giacché compiendo rette azioni unicamente per amor mio, conseguirai infine la perfezione.

Se anche quest'ultimo compito fosse al di là dei tuoi poteri, allora percorri la strada della rinuncia, e riponendo la tua fiducia fermamente in Me, rinuncia al frutto di qualsiasi azione.

In verità, la saggezza e la conoscenza sono migliori della pratica e della disciplina: e la meditazione è ancora migliore della conoscenza, mentre la rinuncia è superiore alla meditazione, giacché il rinunziare ai frutti dell'azione apporta pace e soddisfazione.

E veramente ti dico che è molto caro e vicino a Me colui che non nutre in sé alcuna malizia o malevolenza verso qualsiasi essere o cosa; che è amico e amante di tutta la natura, nonché misericordioso ed esente da orgoglio, vanità ed egoismo; che non è turbato da piacere o dolore, mantenendosi equilibrato in entrambi; che sopporta con pazienza torti e ingiustizie ed è clemente, contento, sempre devoto, e tiene sotto controllo la mente, i sensi e le passioni, avendo sempre fissi sopra di Me la sua mente e il suo intelletto.

È altresì caro a Me chi non teme il mondo degli uomini, né è temuto da esso; e che è libero dai turbamenti dell'ira, della gioia, dell'impazienza e della paura nei riguardi delle cose e degli avvenimenti di natura finita.

E colui che nulla desidera, ch'è giusto e puro, imparziale, esente da ansietà, che ha abbandonato tutte le ricompense finite o le speranze di premi, è pure caro a Me.

Ed ugualmente lo è colui che non ama né odia, che non gioisce né trova da dire per gli avvenimenti del mondo; che non si addolora e non ha brame di sorta, che ha rinunciato, per amore verso di Me, al bene ed al male.

E mi è altrettanto caro colui che considera nello stesso modo l'amico e il nemico; che vede come fama ed infamia siano un tutt'uno per la mente saggia; che sa essere il freddo e il caldo, il piacere e il dolore, l'uno non più desiderabile dell'altro. Un tale individuo non si dà alcuna preoccupazione per il trascorrere degli eventi, e non fanno differenza per lui la lode e la condanna. Egli è silenzioso e soddisfatto di qualunque cosa succeda a lui o capiti nel mondo, e non ha una particolare dimora nel mondo, ma si sente ovunque a casa propria in Me. Costui, di cui ti ho appena parlato, è di animo fermo e giusto, e la devozione promana sempre da lui. In verità egli mi ama ed Io lo amo. Costui mi è molto caro.

Sì, sì, coloro che bevono quest'acqua di immortalità, questo divino nèttare dell'insegnamento che ti ho somministrato, o Arjuna, e lo ricevono con fede e devozione, mi sono invero sommamente cari e diletti.

PARTE XIII
IL CONOSCITORE ED IL CONOSCIUTO

Disse allora Arjuna a Krsna, il Signore Beato:

Istruiscimi, o Signore Beato, circa ciò che noi chiamiamo il sé personale e quel grande Qualcosa oltre e al di sopra di questo, da noi denominato l'"Io" o l'"Ego" o fors'anche l'"Anima" che conosce. Parlami di questo conoscitore, nonché del conosciuto, o di quanto è apparentemente conosciuto.

KRSNA: Ciò che tu chiami il tuo sé personale, o Arjuna, è noto ai filosofi come "il conosciuto". Ciò che tu chiami l'"Io", l'"Ego" o l'"Anima", è noto ai filosofi come "il conoscitore".

E ricorda, o Principe, che Io sono il conoscitore del conosciuto in qualsiasi forma esso possa apparire e manifestarsi. Questa comprensione del conoscitore e del conosciuto è da Me stimata come saggezza che merita di essere conseguita.

Fai dunque bene attenzione alle mie parole mentre ti parlo della natura del conosciuto: ciò a cui esso rassomiglia; quali sono le sue varie parti; da che cosa esso procede; ed anche che cos'è Ciò che conosce il conosciuto, e quali sono le sue caratteristiche.

In breve, esporrò quanto è stato cantato dai saggi in vari canti e compare in molteplici versi delle sacre scritture, insieme con molti ragionamenti, argomenti e prove.

Il sé personale è composto dei cinque *mahābhūta* o princìpi, noti ai maestri coi seguenti nomi: *aham- kāra*, o la coscienza della personalità; *buddhi*, ovvero comprensione o intelletto; *avyakta*, la forza vitale invisibile; gli undici *indriya*, o centri sensoriali; e i cinque *indriyagocara*, o organi sensoriali. Vengono quindi *icchā* e *dvesa*, ovvero amore e odio; *sukha* e *duhkha*, ovvero piacere e dolore; *cetanā*, o sensibilità; e *dhrti*, o fermezza. Questi, o Arjuna, costituiscono il sé personale, il conosciuto e le sue caratteristiche.

La saggezza spirituale consiste nella liberazione dalla stima di sé, dall'ipocrisia e dall'ingiuria ad altri. Essa inculca la pazienza, la rettitudine, il rispetto per gli insegnanti e per i maestri, la castità, la fermezza, il dominio di se stesso, il non attaccamento alle cose sensibili, la libertà dall'orgoglio e dalla vanagloria nel sé personale. Dà altresì luogo ad una costante realizzazione della vera natura della nascita e della morte, della malattia e della decadenza, del dolore e dell'imperfezione; mentre porta pure con sé il rallentamento dei legami di affezione nei rapporti personali fra il possessore della saggezza e sua moglie, i suoi figli e la sua casa. Apporta pure una costante equanimità ed equilibrio di mente e di tempra, malgrado la natura dell'evento che va o viene e il fatto che esso sia desiderabile o indesiderabile.

Una tale saggezza procura al suo possessore un desiderio di inesauribile e costante adorazione e devozione: adorazione in luoghi privati e segreti, ed un corrispondente disgusto per gli assembramenti. Allo stesso modo porta un amore per lo Spirito che pervade tutte le cose, la meditazione sulla natura della saggezza, e il raggiungimento della meta che attende il suo possessore, o colui che viaggia sul suo sentiero. È questo ciò che dai filosofi è chiamato *jñāna* o conoscenza, in contrasto con *ajñāna* o ignoranza.

Ora, ti parlerò di quel ch'è chiamato *jñeya* o l'oggetto della saggezza, la cui giusta conoscenza e comprensione ti farà godere dell'immortalità. Quest'oggetto della saggezza è ciò che i filosofi e i maestri chiamano *Brahman* o vita universale. La vita universale non ha principio, e non può essere chiamata né Essere né Non Essere.

Essa dimora nel centro del mondo e riveste tutto quanto l'universo fino ai suoi estremi confini. Libera in sé da organi e sensi, si manifesta dappertutto mercé tali organi e sensi. Non affetta e libera da qualsiasi cosa, essa contiene nella propria natura tutte le cose; e priva di qualità e d'attributi, partecipa non- dimeno della conoscenza di tutte le qualità e di tutti gli attributi.

Essa è dentro e fuori, interna ed esterna; ed è inanimata ed animata, mobile e immobile, dentro e ovunque in tutta la natura. Nella sua piccolezza è infinita, ed è perciò invisibile ed impercettibile. E sebbene sia vicinissima, è tuttavia lontanissima, mentre è indivisibile per sua natura e tuttavia infinita nella sua apparente divisione.

È la matrice di tutte le cose, e da essa procede tanto la creazione quanto la distruzione.

È la sorgente della luce, è di là da ogni oscurità. È saggezza, come pure ciò ch'è l'oggetto della saggezza e quel che si può ottenere mediante la saggezza. Sempre dimora nella mente e nel cuore di tutte le cose.

È ciò ch'è noto come *ksetra*, o il sé personale; *jñāna*, o saggezza; e *jñeya*, o l'oggetto della saggezza. Eccoti detto il segreto della sostanza della vita, della sua distribuzione e conformazione. Il saggio, in virtù di tale conoscenza, entra in Me.

Sappi inoltre, o Arjuna, che tanto *prakrti*, o la natura, che *purusa*, o l'anima, sono entrambi senza principio. Sappi pure, o Principe, che i princìpi della natura sono inerenti alla natura, e da questa scaturiscono.

La natura produce ciò che noi chiamiamo causa ed effetto o causalità; essa è la sorgente dell'azione.

Tu saprai pure, o Arjuna, che l'anima, dimorante nella natura o nella materia della natura, riceve le impressioni che procedono dalla vita materiale. Essa è il principio operativo nelle esperienze di piacere e di dolore.

Le conseguenze di queste impressioni ed esperienze, e l'attaccamento ad esse da parte della manifestazione personale dell'anima, sono la causa di nascita e rinascita.

Gli incidenti e le circostanze della reincarna-zione dipendono da ciò, e persistono finché non sia raggiunta quella più alta saggezza che ha la megliosulle qualità che vincolano l'anima alle cose ed agli oggetti del mondo materiale.

L'anima è quella natura superiore dell'individuo che, dimorando nel corpo, osserva, dirige, protegge e partecipa della vita.

Colui che così comprende la *prakrti*, o natura; il *purusa*, o anima; e i *guna*, o princìpi della natura, proprio come te ne ho parlato, o Ārjuna, in qualsiasi stato, condizione o maniera egli viva, non sarà più soggetto alla rinascita mortale.

Alcuni, attraverso la meditazione, scorgono l'anima universale entro la natura; l'anima entro il corpo. Altri ne conseguono la percezione per mezzo della rinuncia all'azione. Ed altri ancora giungono a tale risultato per mezzo del servizio della retta azione.

Vi sono taluni che non sono riusciti a scoprire da loro stessi e in loro stessi questa verità; ma hanno appreso la dottrina e gli ammaestramenti da altri, e ne hanno ugualmente cura, facendone oggetto di rispetto e d'attenzione. Ora ti dico, o Arjuna, che anche questi ultimi, se manifestano una seria fede ed attenzione, ed osservano la verità così ottenuta, gettano le fondamenta dell'immortalità ed oltrepassano il golfo della morte.

Sappi, o Principe dei Pāndava, che ogni cosa creata, sia essa animata o inanimata, è prodotta dalla combinazione dell'anima e della natura; del conoscitore e del conosciuto.

Colui che vede l'anima universale immanente in tutte le cose, imperitura, sebbene esistente in tutte le cose periture, davvero un uomo tale vede correttamente.

Vedendo la stessa anima universale immanente in tutto ciò che esiste, egli evita l'errore d'identificareil Sé con i più bassi princìpi, e si libera così dall'illusione della mortalità, procedendo sulla via dell'immortalità.

Chi vede che le sue azioni sono veramente compiute dalla natura e dai princìpi di questa, e che l'anima non vi prende parte, questi vede davvero.

Allorché percepisce che tutte le varie forme delle manifestazioni della natura hanno realmente radice nella vita unica, e di lì si propagano a rami, ramoscelli e foglie d'infinita varietà, egli addiviene allora alla coscienza della vita unica.

O Principe, lo Spirito dell'anima universale, anche quando si trova entro una delle forme corporee della natura, non agisce mai davvero, né davvero mai subisce alcuna influenza. A causa della sua natura essenziale, è al di sopra e al di là dell'azione. Ed essendo senza principio e senza qualità o attribuiti, è oltre la tempesta dell'azione e del cambiamento.

L'etere universale non è affetto dall'azione degli oggetti che sono in esso contenuti e che lo contengono. E pure così è l'anima universale, nella quale sono tutte le forme materiali e ch'è dentro tutte le forme materiali medesime. In tal modo, essa non è toccata dall'azione e dai cambiamenti di tali forme, sebbene le conosca tutte, in quanto è il conoscitore del conosciuto.

Come l'unico sole illumina tutto il mondo, o Arjuna, così l'unica anima illumina tutta la natura, e l'unico conoscitore tutto il campo del conosciuto.

E colui che col potere della saggezza spirituale percepisce questa differenza fra l'anima e il sé materiale e personale; fra l'anima e la natura e i princìpi della natura; fra il conoscitore e il conosciuto, in verità percepisce la liberazione dell'anima dall'illusione della materia e della personalità, ed acquista la coscienza universale, in cui tutto è visto come un'unica realtà, senza illusione od errore.

PARTE XIV
I TRE *GUNA* O QUALITÀ

Disse allora Krsna, il Beato Signore, ad Arjuna, Principe dei Pāndava:

Avvicinati, o Arjuna, e ti parlerò ancora della suprema saggezza, di quella saggezza che è la migliore delle saggezze, di quella saggezza mercé la quale i saggi si elevarono alle altezze del supremo conseguimento ed alla perfezione.

E costoro, essendosi uniti a Me in ragione di questa saggezza, non rinascono neppure alla creazione d'unnuovo universo, al principio d'un giorno di Brahmā, né vengono distrutti alla dissoluzione dell'universo, al principio d'una notte di Brahmā.

Sappi, o Arjuna, che la natura è la grande matrice nella quale Io depongo il mio seme: da questa pro- cedono tutte le forme, figure, cose ed oggetti naturali. La natura è il grande utero di tutte quelle cose che sono concepite nell'utero naturale, ed Io sono il Padre il cui seme è dentro il seme di tutte le cose naturali.

I tre grandi *guna*, o princìpi della natura, sovente chiamati le tre qualità, che sono inerenti alla natura e dalla natura originano, sono noti, o Principe, con questi nomi: *sattva*, o verità; *rajas*, o passione, e *tamas*, o indifferenza. Questi sono i tre, e ciascuno e tutti tendono a legare l'anima dentro il corpo; l'anima universale dentro la Natura. Tanto sopra che sotto, i tre servono a vincolare e trattenere legato il più alto al più basso. Ma il loro modo di legare è di natura differente, o Principe, sebbene costituiscano tutti dei legami.

Così *sattva*, o verità, essendo puro e senza macchia, lega l'anima con l'attaccamento alla saggezza e all'armonia, e la riporta alla rinascita a causa dei vincoli del sapere e del comprendere.

E *rajas*, o passione, è della stessa natura dell'ardente desiderio, e lega l'anima con l'attaccamento all'azione, alle cose ed agli oggetti, riconducendola alla rinascita a causa della fame e della sete mondana di possedere e d'agire.

E *tamas*, o indifferenza, è di una natura ignorante, oscura, stupida e pesante, e lega l'anima con l'attaccamento all'infingardaggine, all'oziosità, alla follia e all'indolenza, riportandola alla rinascita a causa dei vincoli dell'ignoranza, della stupidità, della noncuranza e dell'insoddisfazione.

Al *guna sattva* appartiene la saggezza e l'armonia; al *guna rajas* l'azione e il possesso; al *guna tamas* la pigrizia, la stupidità e l'indolenza.

Quando qualcuno sopraffà il *tamas* e il *rajas*, allora regna il *sattva*. Allorché sono sopraffatti il *rajas* e il *sattva*, allora regna il *tamas*, mentre quando sono stati sopraffatti il *tamas* e il *sattva*, allora regna il *rajas*.

Quando la saggezza è manifesta in qualcuno, allora riconosci che il *sattva* è il *guna* dominante.

Quando si manifesta grande azione o appare grande desiderio, sappi allora che il *rajas* è il *guna* dominante.

Allorché si manifestano stupidità, pigrizia, ozio e mancanza di pensiero, allora sappi che il *guna tamas* è sul trono.

Quando l'anima abbandona il corpo in cui domina il *sattva*, essa s'incammina allora verso il piano abitato dai saggi e dagli intelligenti.

Allorché abbandona il corpo in cui è stato più forte il *rajas*, passa al piano del riposo, da cui a suo tempo rinasce in un corpo adatto alla manifestazione dell'azione e posseduto da una tendenza verso i desideri, nonché fra gente ed in un ambiente confacenti ed in armonia con queste qualità. Quando lascia il corpo in cui ha avuto la preponderanza il *tamas*, allora procede a rinascere in un corpo e fra coloro che sono in armonia col suo bassopiano di manifestazione.

Il frutto del *sattva* è chiamato bene; quello del *rajas* è chiamato dolore, insoddisfazione ed inquietudine. Il frutto del *tamas* è chiamato ignoranza, stupidità ed inerzia.

Dal *sattva* è prodotta la saggezza; dal *rajas*, l'inquietudine e la cupidigia; dal *tamas*, l'ignoranza, la delusione e la follia, insieme con la pigrizia.

Coloro che fanno capo al *guna sattva* sono portati in alto; i pertinenti al *guna rajas* non vanno al di sopra del piano mediano, ch'è il piano delle attività e della vita dell'uomo; mentre quelli che rispondono al *guna tamas* sono portati giù dalla forte pesantezza delle loro qualità e cadono molto in basso.

Ti dico, o Principe, che coloro i quali riconoscono essere questi *guna*, i princìpi della natura, gli unici agenti dell'azione, e scoprono inoltre che vi è un Essere superiore ad essi, sono consapevoli della vera natura dell'anima ed entrano in Me.

E quando un'anima incorporata ha oltrepassato queste tre qualità che caratterizzano la natura di qualunque incarnazione ed ha avuto notizia della coscienza ch'è al di là di queste, allora quell'anima è sciolta dai vincoli ed è liberata dalla nascita e dalla morte, dalla vecchiaia e dal dolore, e beve il nèttare dell'immortalità.

ARJUNA: Quali sono le caratteristiche che distinguono l'uomo che ha oltrepassato i tre *guna* o qualità? Come opera egli? E con quali mezzi ha vinto ed è andato di là dai tre?

KRSNA: Ascoltami, o Principe. Egli non odia già queste qualità – saggezza, energia ed ignoranza – allorché vengono a lui, né tuttavia le brama quando non le possiede, ma senza desiderarle né disprezzarle siede neutrale in mezzo al loro andirivieni, non commosso né scosso da esse, sapendo che i *guna*, o qualità, sussistono e continuamente vanno e vengono, testimone tuttavia della loro successione e del loro movimento come uno che dall'esterno sia testimone di una processione d'oggetti.

E ancora, pure colui che confida in se stesso, a suo agio, in equilibrio fra piacere e dolore; colui per il quale una pietra, ferro e oro paiono simili e di egual valore; colui che appare sempre lo stesso sia nel piace-re che nel dispiacere; e che riguarda la lode e il biasimo con uguale emozione o mancanza d'emozione; che rimane sempre lo stesso nell'onore o nel disonore; che non vede alcuna differenza fra il trattamento dell'amico o quello del nemico; che ha abbandonato ogni ambizione per le iniziative e le imprese di tipo mondano; costui ha davvero superato gli effetti dei tre *guna* o qualità, ed è sfuggito ad essi.

E colui, mio seguace e devoto, che si è dedicato interamente a Me e mi serve con tutto il suo cuore e la sua mente, egli, avendo completamente oltrepassato le qualità, è certamente degno d'essere unito all'Uno.

In verità ti dico, Arjuna, che Io sono il simbolo e la realtà dell'immortalità; l'eterno; la giustizia assoluta; la beatitudine infinita.

PARTE XV
COSCIENZA DEL SUPREMO

E Krsna, il Signore Beato, disse ancora ad Arjuna:
Si dice che l'Asvattha, l'albero sacro, il simbolo dell'universo secondo i nostri insegnamenti, sia indistruttibile. Le sue radici sono al di sopra e i suoi rami al di sotto. Le sue foglie sono i *Veda* o sacre scritture. Chi è a conoscenza di questo, conosce i *Veda*.

I suoi rami vengono fuori dalle tre qualità o *guna*, e i loro polloni e rametti minori sono gli organi sensoriali, e alcuni si propagano molto in alto e altri molto in basso. Le radici che si allargano verso la parte inferiore, sul piano umano, sono i vincoli dell'azione.

La sua forma è al di là della conoscenza degli uomini, e così è per il suo principio, la sua fine e le sue connessioni. Quando questo potente albero viene finalmente abbattuto dalla forte accetta del non attaccamento discriminativo, malgrado le forti e solide radici di esso, allora il distruttore di tale albero andrà in cerca del luogo da cui non c'è più ritorno verso la rinascita. Tale luogo è l'Anima Unica Suprema, da cui procede l'Anima che in tutte le cose è immanente e tutte le vivifica.

Vi sono alcuni che, essendosi liberati dall'orgoglio, dall'ignoranza e dall'illusione, hanno superato quegli errori che derivano dall'attaccamento all'azione. Essi dedicano le proprie menti alla costante contemplazione del Sé Reale, e viene così loro impedito di dedicarsi ai desideri disordinati, e vengono liberati dall'attrazione delle coppie degli opposti e dai conseguenti effetti di queste, che sono noti come piacere e dolore. Vengono così resi esenti dalla confusione e dall'illusione, ed ascendono a quel piano che dura perennemente.

Passano in quel luogo che non è illuminato né dal sole né dalla luna, e neppure dal fuoco, ma che è tuttavia radiante al di là di qualsiasi immaginazione. Giacché questo luogo è la mia dimora suprema, e non c'è ritorno da essa.

Sì, è pure una porzione di Me stesso che, come anima apparentemente separata, trae intorno a sé i cinque sensi e la mente in modo da ottenere l'incorporazione in una forma mortale e poterla poi lasciare di nuovo.

E l'Ego porta con sé questa mente e questi sensi in qualunque corpo vada ad abitare, e li porta di nuovo via allorché lascia quel corpo.

Attraverso la strumentalità degli organi della vista, dell'udito, del tatto, dell'odorato e del gusto, uniti alla mente, egli fa esperienza degli oggetti sensibili.

Gli illusi e gli ignoranti non vedono l'anima allorquando lascia il corpo o rimane nel corpo, né quando essa, governata dai *guna*, o qualità, fa esperienza degli oggetti sensibili. Ma i saggi vedono e comprendono.

E vi sono alcuni che, con l'attenta meditazione, acquistano una visione interiore mediante la quale possono percepirne la manifestazione dentro di sé, ma gli uomini la cui mente non è coltivata ed il cui intelletto si trova in stato d'ignoranza, ancorché si affatichino molto, non riescono tuttavia a percepirla dentro di sé.

Sappi, o Arjuna, che tanto la luce e la radianza che provengono dal sole e rischiarano ed illuminano il mondo, quanto quella radianza che procede dalla luna e si spande in dolci raggi sulla terra, nonché la robusta fiamma ch'è entro il fuoco e fieramente brucia tutto ciò su cui cade la sua luce, tutto questo splendore appartiene a Me.

Sappi pure, o Principe, che Io penetro nella terra e nutro tutti gli esseri viventi con la mia vita e la mia vitalità. Io sono il succo che dà la vita alle piante e alle cose che crescono.

Io sono del pari la forza vitale, il fuoco della vita, che assolve le funzioni della vita dentro il corpo. Io faccio respirare e dirigo i processi digestivo, assimilativo ed eliminativo.

Io sono nei cuori e nelle menti degli uomini, e da Me derivano memoria e conoscenza, nonché l'assenza di entrambe.
E sono tutto ciò che deve essere conosciuto dei *Veda*. Sì, in verità sono la saggezza del *Vedānta* e la conoscenza dei *Veda*.

Vi sono due aspetti dell'anima in questo mondo: l'Uno e i Molti, le anime superiori e le anime inferiori, le indivise e le divise. Esistono molti nomi per esprimere questa verità, ma nessuno di questi la esprime pienamente. L'anima dei Molti è manifesta nel corpo della natura e nei corpi delle forme naturali; l'anima dell'Uno sta separata ed al di sopra della natura e delle cose della natura. E tuttavia entrambe non sono che aspetti dell'Uno.

Sì, e c'è inoltre lo Spirito, l'Anima delle anime, il supremo, il più alto, il sostenitore, la sorgente, il Signore.

Sì, Io pure, Krsna, che abitando all'interno e nondimeno al di sopra dell'anima dell'Uno e dell'anima dei Molti, sono lo Spirito assoluto.

In verità, in verità ti dico, Arjuna, e lo dico pure ai tuoi seguaci, che colui i cui occhi sono stati liberati dal fumo dell'illusione e conosce Me, Krsna, come Spirito assoluto e, così conoscendomi, mi ama con tutto il suo cuore, tutta la sua mente e tutta la sua anima, costui mi conosce veramente. E, conoscendo Me, conosce tutte le cose, e adora ed ama l'Uno e il Tutto.

Ora, Arjuna, ti ho rivelato il segreto dei segreti, il mistero dei misteri, che, anche una sola volta pienamente recepito e compreso, o Principe, procura all'individuo la suprema illuminazione. Chi conosce questo, ha fatto tutto ciò che dev'essere fatto; ha compiuto la divina avventura; ha conquistato tutto quanto può essere conosciuto.

PARTE XVI
LE NATURE BUONE E CATTIVE

Così ancora parlò Krsna, il Signore Beato, ad Arjuna:
Queste sono le caratteristiche e la natura di coloro che percorrono il sentiero che conduce alle ricompense celesti; questi sono i segni del buon carattere e del buon destino. Essi possiedono coraggio e cuore puro, e una stabile attenzione alla vita di saggezza. E carità, padronanza di sé, e una vera inclinazione religiosa, e studio severo, e vita temperata. E retta azione, libertà dal male operare, sincerità, libertà dall'ira, rinuncia, equanimità, libertà dal dir male degli altri. Amore e pietà per tutti gli esseri, libertà dal desiderio di uccidere, mitezza, modestia, discrezione, dignità, pazienza, fortezza, castità, perdono, e libertà dalla vanagloria.

E queste sono le caratteristiche e la natura di coloro che percorrono il rovinoso sentiero che mena alla perdita delle ricompense celesti; questi sono i segni del cattivo carattere e del cattivo destino. Appartengono loro ipocrisia e orgoglio, arroganza, affettazione, ira, rozzezza nel parlare, ignoranza.

Sì, il buon carattere e il buon destino operano per la liberazione dalla mortalità, e per l'assorbimento nel divino. E il cattivo carattere e il cattivo destino operano per le ripetute nascite e rinascite in mezzo al fango della mortalità. L'una cosa significa libertà; l'altra, schiavitù. Non temere, Arjuna, poiché tu possiedi il buon carattere e il buon destino, e tua sarà la libertà.

Vi sono due specie di nature osservabili fra gli esseri umani nel mondo: la buona natura e la cattiva natura. Delle caratteristiche della buona natura si è già parlato. Ascolta ora, o Arjuna, una descrizione delle caratteristiche della cattiva natura.

Coloro che posseggono la cattiva natura, o Principe, non sanno che cosa significhi compiere una buona azione ed astenersi dal compiere una cattiva azione. Né in loro si può trovare purezza, moralità o veracità.

Essi difettano di fede, e nella loro follia credono che l'universo non abbia alcun creatore, ma sia in se stesso senza principio e senza fine, e di se stesso sia causa. Essi negano l'esistenza della legge o della verità nell'universo. Negano l'esistenza dello Spirito. Credono nel materialismo, nell'assenza di Dio, e sostengono che l'avidità sia la causa motrice ed operante di tutte le cose, determinando la mutua unione e la riproduzione.

E, credendo in tali cose malvagie e folli, questi uomini dall'intelletto imperfetto, con tale concezione fissa nella loro mente, si dedicano al mal fare e seminano nel mondo i semi dei cattivi pensieri e dell'errore.

Essi vivono per la gioia carnale, insegnando essere questa il più grande bene. Cercano attivamente la soddisfazione degli appetiti sensuali e la creazione di nuovi appetiti; e non vi è pace o soddisfazione in loro, giacché l'appetito genera l'appetito, e le brame dei sensi divengono tanto più acute quanto più sono soddisfatte. Tali uomini sono ipocriti, intossicati e pieni di follia.

A causa della loro pazzia e dei loro falsi ragionamenti, inventano nuove dottrine e teorie, e si danno alla vita materiale del piacere sensuale. Essi vivono e muoiono nelle loro illusioni, ostinandosi nell'errore di credere che soltanto nella gratificazione della natura sensuale sia possibile trovare soddisfazione e felicità. Credendo che la morte significhi per loro la fine di tutto, essi vorrebbero riempire fino all'orlo i giorni della propria vita con le gratificazioni sensoriali e con l'obbedienza agli impulsi d'una sensualità anormale e pervertita. Il desiderio è il loro dio, e adorarlo e servirlo è la loro unica religione.

Vincolati da migliaia di legami di desiderio verso cose ed oggetti, sono attaccati al corpo della concupiscenza, dell'ira e dell'avarizia, e prostituiscono la loro mente e il loro senso di giustizia nella vana ricerca della ricchezza necessaria a soddisfare i propri appetiti disordinati ed esagerati per le esperienze sensoriali.

Essi dicono a se stessi: Oggi ho ottenuto questo; domani otterrò ciò che mi sta cuore. Ho guadagnato questo denaro; domani ne guadagnerò ancora dell'altro.

Questo nemico è stato ucciso e domani altri ne ucciderò. Sono il mio proprio dio e non vi è altro dio all'infuori di me, mentre godo questo mio mondo, il quale è mio in ragione del piacere che da esso posso ricavare.

Sono ricco, anzi ricolmo di ricchezze. Ho la precedenza sugli altri uomini. Dove c'è uno così perfetto, saggio e sagace come me? Getterò il denaro a piene mani fra la folla, in modo che essa possa convincersi della mia generosità, ed accorgersi di come io – sì, proprio io – sia grande, potente e ricco. Così parlano questi folli che s'immaginano di essere saggi, ma hanno in realtà mente disordinata e squilibrata.

E così, con mente confusa ed imbarazzata a causa delle loro illusioni, eccessi e vanità, essi sono presi nella rete dei loro stessi desideri e delle loro affezioni, mentre il peso degli oggetti di queste ultime, tenendoli fermi, li trascina giù nelle sabbie mobili dell'inferno, ch'è la ripetuta rinascita in piani sempre più bassi: nel fango e nella melma della materialità e della sensualità. Non vi è inferno pari a questo, neppure fra le immaginazioni di coloro che vorrebbero predicare sui luoghi di tormento e di tortura: è questo, infatti, l'inferno piùpauroso di tutti.

Alcuni di questi uomini, nella loro ipocrisia e nel loro desiderio di far bella figura di fronte al mondo, scimmiottano la pietà e la vera religiosità. Seguendo la lettera anziché lo spirito, essi imitano l'adorazione e compiono i riti e le cerimonie ecclesiastiche ostentando il più grande zelo, con molta pompa esteriore e ostentazione di vistose elemosine. La loro ignoranza, vanagloria e stima di sé li seguono nel tempio, e insozzano i luoghi sacri con la loro furfantesca presenza e con la loro natura.

Pieni d'orgoglio, di potere, d'ostentazione, di brame e d'egoismo, si consumano nell'odio, nella malignità e nella calunnia, e odiano Me in loro stessi e negli altri. Per tali motivi costoro sono vili, sensuali, pieni d'odio e senza pietà.

Questi esseri malvagi, che odiano Me e tutto ciò ch'è buono, sono spinti in continue rinascite da matrici di fango, sporcizia e impurità.

E se anche in queste profondità inferiori d'impurità, essi non imparano la lezione ch'è loro impartita, e non sorgono il disgusto e la nausea per la sporcizia della sensualità, e non desiderano ardentemente di ricominciare a percorrere il cammino ascendente dall'inferno in cui sono stati cacciati; se restano sordi a tale insegnamento e preferiscono, conformemente alla loro natura, discendere in piani sempre più bassi, cadono allora nello stadio finale che significa annientamento. E così invero perdono la loro anima e non esistono più, proprio come le loro folli teorie hanno insegnato loro a sperare, ma in ben altro modo, e per cause che essi hanno strenuamente negato. Tali individui non vengono né verranno mai a Me, ma sono perduti per sempre, perché dal nulla non vi è ritorno.

Vi sono tre passaggi a quest'inferno della bassa rinascita, e questi si chiamano avidità, ira ed avarizia, distruttrici dell'anima che a lungo andare vi persista. Perciò gli uomini dovrebbero evitarli, in quanto vie demoniache che conducono all'inferno ed alla distruzione.

Chi si guarda dal percorrerle e si libera dal *guna tamas* ovvero dalla qualità oscura, s'innalzerà e, avanzando passo per passo, riguadagnerà il sentiero che conduce allo stato celeste della divina unione.

Ma colui che non osserva i dettati della saggezza spirituale e si presta alle illusioni ed agli errori della concupiscenza, della collera e dell'avarizia, non conseguirà né la perfezione, né la felicità, né lo stato divino.

In conseguenza di ciò, o Arjuna, dovrai prender conoscenza dei più alti insegnamenti spirituali, e comprender bene il significato dell'azione retta e dell'azione cattiva, in modo da compiere l'una ed evitare l'altra.Cerca l'altissima luce della saggezza e dirigi le tue opere in conformità con essa.

PARTE XVII
LA TRIPLICE FEDE

Così parlò allora Arjuna a Krsna, il Signore Beato:
Qual è la condizione e lo stato di coloro che rigettano l'autorità delle sacre scritture, ma che tuttavia ancora mantengono la loro fede ed il loro culto? Sono essi sotto il controllo del *guna sattva*, del *rajas*, o del *tamas*? Fammi sapere ciò, o Beato Krsna mio Signore, te ne prego!

KRSNA: La fede dell'uomo è triplice. Essa ha tre forme di manifestazione, a seconda della natura, del carattere e della disposizione dell'uomo. I nomi di queste tre forme sono tolti dai *guna*: *sāttvikī*, *rājasī* e *tā- masī*, o, in altre parole, la pura, la tinta dal desiderio, e l'oscura. Ascolta, o Principe, ciò in cui esse consistono.

La fede di ogni uomo è un riflesso del carattere o della natura dell'uomo stesso. Ciò in cui ognuno ha fede è l'essenza dell'uomo. Il dio di ogni uomo, la sua concezione della divinità è lui stesso al suo meglio, magnificato all'infinito. Similmente il suo cattivo spirito, o diavolo, non è che lui stesso al suo peggio, magnificato all'infinito. Dal dio che ognuno adora conoscerai l'uomo, se farai bene attenzione.

Stando così le cose, coloro nei quali predomina il *guna sattva* adorano gli dèi, mentre i più avanzati fra loro adorano soltanto lo Spirito Assoluto, Me! E coloro che sono sotto il dominio del *guna rajas* adorano gli dèi inferiori, gli dèi delle qualità, degli attributi, dei poteri e dei doni, oppure altri esseri elevati dei piani e delle regioni più alte. E quelli che sono sotto il dominio dell'oscuro *guna tamas* adorano gli spiriti dei defunti, gli spettri, i fantasmi, i diavoli, i demoni, gli gnomi, i cattivi spiriti e gli elementali, e simili esseri dei piani più bassi del mondo invisibile, chiamandoli sovente col nome di dio.

In quanto a quegli uomini fuorviati che cercano il merito con l'adempimento di severe austerità e mortificazioni della carne non autorizzate dalle sacre scritture, essi sono creature vanagloriose, ripiene d'orgoglio, senso di superiorità e ipocrisia, guidate dal desiderio e dalla passione per il premio e per la lode.

Questi uomini torturano il loro bel corpo e tormentano le parti e i princìpi dello stesso, così disturbando l'anima che risiede dentro di esso, ed anche Me, che sono dentro l'anima nella sua camera interiore. Simili individui sono demoniaci, nelle loro infernali risoluzioni e nelle loro inique pratiche.

Sappi pure, Arjuna, che vi sono tre specie di cibo, le quali sono care a tutto il genere umano. E sono pure triplici l'adorazione, lo zelo e la carità. Fai attenzione alle loro distinzioni.

Il cibo più gradevole per coloro in cui predomina il *guna sattva* è quello che conduce alla longevità, al potere ed alla forza; tiene lontano dalle malattie e rende felici e contenti. Tale cibo è piacevole al gusto, nutritivo, sostanzioso e appagante per l'appetito. Non è né troppo amaro, né troppo acre, né troppo salato, né troppo caldo, né troppo pungente, né troppo astringente, né troppo bruciante.

Coloro che posseggono la natura del *guna rajas*, preferiscono i cibi amari, acri, caldi, pungenti, secchi e brucianti ad un grado eccessivo, i quali promuovono gli appetiti, stimolano il senso del gusto e producono infine dolore, malattia ed insoddisfazione.

Coloro che sono sotto il dominio dell'oscuro *guna tamas* sono inclini al cibo preparato il giorno prima e a quello fuori di stagione; come pure a quello che ha perduto il sapore ed è diventato putrido; nonché ai rimasugli dei pasti degli altri e ad ogni cibo che sia immondo ed impuro.

Per quanto riguarda l'adorazione, prendi conoscenza delle sue tre forme. L'uomo del *guna sattva* adora secondo le convenzioni delle sacre scritture, senza desiderio di premio; con cuore puro adora per amore dell'adorazione, e con la mente sempre attenta a ciò ch'egli adora.

Quello che ha la natura del *guna rajas* adora come l'ipocrita, con l'animo pieno di speranza per la ricompensa; chiedendo favori e cercando merito e riputazione: tale è la sua vana adorazione.

Chi possiede la natura del *guna tamas* adora senza fede, senza devozione, senza pensiero, senza reverenza e senza spirito: è questa la sua pretesa adorazione, che non è affatto adorazione, ma è semplicemente una forma d'abitudine e di convenzione, ed uno stupido, pecoresco susseguirsi di movimenti e di forme con-suetudinari.

Rispetto per gli esseri celesti, per i santi uomini, per i dotti, per i maestri, unitamente a castità, rettitudine, adorazione di Dio e innocenza: queste cose costituiscono ciò che è conosciuto come fervore corporale.

Gentilezza, giustizia, garbo, dolcezza nel parlare e compimento del dovere: queste cose costituiscono ciò che è conosciuto come fervore del linguaggio.

Calma mentale, mitezza di carattere, devozione, controllo sulle passioni, purezza d'anima: queste cose costituiscono ciò che è conosciuto come fervore mentale.

Questo triplice fervore ch'è proprio di uomini che non bramano ricompense o frutti provenienti dall'a-zione, ma sono mossi e animati da vera fede, appartiene al *guna sattva*.

Ma il fervore che scaturisce dall'ipocrisia ed è fondato sulla speranza del premio, della riputazionedi pietà e di santità, dell'onore e del buon nome, ossia su ciò ch'è incerto ed incostante, appartiene al *gunarajas*; mentre lo zelo che viene manifestato dai pazzi e dagli stupidi, e consiste nel torturare se stesso ed insimili altre follie, oppure è compiuto nell'intento di nuocere ad altri o di ucciderli, appartiene al *guna tamas*.

E per quanto riguarda la carità, questa è pure di tre specie. La carità che viene fatta per il solo scopo di farla e perché è giusto farla, disinteressatamente, a tempo debito, in luogo e stagione adatti ed in relazione a oggetti convenevoli – questa è propria del *guna sattva*.

La carità che viene fatta in attesa o con la speranza di un guadagno o di una ricompensa, ovvero con attaccamento ai frutti dell'azione o a malincuore – questa è propria del *guna rajas*.

E quella carità che viene fatta fuori luogo e fuori stagione, in relazione a oggetti non convenevoli, sgarbatamente e con disprezzo, con totale assenza nel dono del vero spirito di carità – questa è propria del *guna tamas*.

"OM – TAT – SAT": ecco la triplice designazione dell'Assoluto. Dall'Assoluto furono all'inizio designati i maestri, i sacri insegnamenti e la religione.

Quindi, prima delle cerimonie, dei sacrifici, dei riti e degli insegnamenti religiosi, dev'essere pronunciata la sacra sillaba "OM".

E prima dello svolgimento dei riti di sacrificio e delle cerimonie, delle elemosine, delle austerità, del fervore e dell'adorazione di coloro che cercano l'immortalità, dev'essere pronunciata la parola "TAT".

E nello stato di adorazione mentale, di sacrificio e rinuncia, allorché l'azione è pacificata, come pure nell'adempimento di buone azioni e nell'osservanza delle buone qualità, nonché nella dedica delle azioni edella vita al Supremo, va pronunciata la parola "SAT".

E qualunque cosa venga compiuta senza fede, sia essa sacrificio, carità, mortificazioni della carne, austerità, o qualunque altro atto od osservanza che difetti di bontà, verità e fede, viene chiamato "ASAT", ed è senza merito di virtù, sia in questo mondo che negli altri mondi, sia qui che nel mondo di là.

Parlò quindi Arjuna a Krsna, il Signore Beato:
O Beato Signore, informami, ti prego, circa la natura del *samnyāsa*, o dell'astensione dall'azione, da un lato; e del *tyāga*, o della rinuncia ai frutti dell'azione, dall'altro. Ti prego, spiegami, o Signore, il vero principio di ciascuno, come pure le differenze e la distinzione fra questi due.

KRSNA: I saggi ci hanno detto che il principio del *samnyāsa*, o dell'astensione dall'azione, consiste nell'abbandono di ogni azione che abbia un oggetto di desiderio; e che il principio del *tyāga*, o della rinuncia ai frutti dell'azione, sta nel non tener conto affatto di qualsiasi frutto di qualunque azione. Capisci, o Principe, questa sottile distinzione?

Inoltre, taluni maestri ci hanno informato che le azioni debbono essere evitate come cattive, sì, cattive come veri e propri delitti. Altri maestri ancora ci hanno informato che le azioni riflettenti l'adorazione, il sacrificio, l'austerità e la devozione sono degne e virtuose, e quindi non debbono essere evitate.

Vista questa confusione negli insegnamenti, ascolta, o Principe, questo mio sicuro insegnamento circa il *tyāga*, o rinuncia ai frutti dell'azione, il quale si insegna essere triplice.

Il *tyāga*, o rinuncia ai frutti dell'azione, non consiste nell'evitare l'azione virtuosa e religiosa. Perciò nonsi deve rinunziare alle azioni di adorazione, devozione, austerità e carità. Non si deve evitarle perché sono assai convenevoli. La loro esecuzione, devozione, austerità e carità: questo è ciò che purifica i maestri e i filosofi.

È mio sicuro insegnamento, o Arjuna, che tali azioni ed opere virtuose e religiose debbano essere compiute per se stesse, per la virtù ch'è ad esse inerente, e non per speranza di premio, qui o nel mondo di là, bensì con piena rinuncia a qualunque ricompensa, merito, conseguenza o frutto dell'azione o dell'opera.

L'insegnamento secondo il quale ci si dovrebbe astenere da queste opere virtuose (che naturalmente devono essere compiute dai virtuosi), è erroneo, falso e disdicevole, e il seguire tali perniciosi insegnamenti ha per risultato la follia e la confusione mentale che fanno capo al *guna tamas* o qualità dell'ignoranza.

E sappi inoltre, o Principe, ch'è oltremodo erroneo evitare l'opera e l'azione per la ragione che essa è dolorosa, noiosa e spiacevole per il corpo fisico o perché non ha attrattive per la mente. In verità, colui che per questi motivi lascia incompiuto ciò che avrebbe dovuto compiere, e vorrebbe trar merito da ciò, s'inganna da se medesimo e non conseguirà il merito che deriva dalla rinuncia. Questa follia ha per sua radice il *guna rajas* o la qualità del desiderio.

Ma l'azione che viene compiuta perché sembra convenevole e necessario che venga compiuta, purché sia fatta con piena noncuranza delle conseguenze e dei frutti, è veramente reale rinuncia, assai convenevole, buona e pura. Essa deriva dal *guna sattva*, o qualità della verità e dell'intelligenza.

E colui ch'è mosso dal *guna sattva*, o qualità della verità e dell'intelligenza, è invero noto come *tyāgī*, o rinunciatario al frutto dell'azione. Il suo giudizio è sanissimo, ed egli è riuscito ad innalzarsi al di sopra del dubbio e della distrazione mentale. Questi non gioisce per aver conseguito risultati soddisfacenti né si lagna per il fallimento del suo operato: accetta l'uno e l'altro, non essendo attaccato né all'uno né all'altro.

Sappi, o Arjuna, che sarebbe la più grande delle follie tentare di astenersi assolutamente dall'azione e dalle opere, giacché la stessa costituzione del corpo mortale lo vieta. Perciò è assai giustamente chiamato *tyāgī* colui che rinuncia al frutto dell'azione.

Il frutto derivante dall'azione è triplice, e cioè: quello ch'è ambito o desiderato; quello ch'è detestato e non desiderato; e quello che non è né l'uno né l'altro, essendo di qualità mista e di natura indeterminata. E questi frutti, a seconda della loro natura, diventano ancora più grandi dopo la morte e nella rinascita per coloro che li ottengono. Ma dove non vi è seme di frutto nell'azione, non vi è frutto affatto.

Apprendi ora da Me, o Arjuna, che per il compimento di ciascun atto necessitano cinque agenti, com'è detto nelle sacre scritture.

Questi sono: il corpo, la mente agente, le varie energie, i muscoli e i nervi, e l'anima.

Tutto il lavoro o le azioni in cui s'impegna l'uomo, il lavoro del corpo o il lavoro della mente, ovvero il discorso, sia esso buono o cattivo, legittimo o illegittimo, si compie mediante l'opera di questi cinque agenti.

Perciò, chi sa questo e, ciò nonostante, concepisce il Sé Reale come unico agente dell'azione, è come se fosse cieco, e in verità non vede.

Colui che si è liberato dai vincoli della personalità ed ha conseguito la retta comprensione, in verità è consapevole che, sebbene abbia disfatto questi nemici, qui riuniti insieme in assetto di battaglia, tuttavia non li ha affatto uccisi, né è legato dal frutto delle sue azioni nelle sue rinascite.

Vi sono tre cause efficienti dell'azione, quelle che precedono il compimento di ogni atto, e si chiamano *jñāna* o conoscenza; *jñeya*, o oggetto della conoscenza; e *parijñātr*, o il conoscitore. Così la conoscenza, il conosciuto e il conoscitore sono le tre cause efficienti dell'azione. Ugualmente triplice è l'adempimento di un'azione, e cioè: lo strumento, l'atto e l'agente.

Sappi pure che la saggezza, l'azione e l'agente hanno ciascuno le loro particolari caratteristiche, prodotte dall'influenza dei tre *guna* o qualità. Stai ora bene attento ad apprendere qual è l'influenza delle qualità o *guna*, come qui si manifestano.

Quel *jñāna*, o saggezza, che fa capo al *guna sattva*, o qualità della verità, è quello per cui un uomo crede e comprende che un Unico Principio – indistruttibile, eterno e non separato – prevale e si manifesta in tutta la natura, in tutte le sue forme distruttibili e separate.

E quel *jñāna*, o saggezza, che fa capo al *guna rajas*, o qualità del desiderio e della passione, è quello per cui un uomo crede e comprende che nella natura prevalgano molteplici princìpi, anziché uno Unico.

E quel *jñāna*, o saggezza, che fa capo al *guna tamas* o qualità dell'ignoranza e della stupidità, è quello per cui un uomo non comprende e non crede in alcun principio; e per cui, non guardando al di là della forma né al di sotto della superficie delle cose, vede qualsiasi oggetto o cosa indipendentemente dal loro rapporto con qualcos'altro o col tutto, vedendo ogni cosa come se fosse il tutto, senza alcuna idea di causa o d'origine, immerso in pigrizia di pensiero e ignoranza.

Quell'atto che si compie in quanto legittimo e virtuoso, senza riguardo alcuno per le sue conseguenze, frutto o premio, spassionatamente e senz'attaccamento di sorta, procede dal *guna sattva*.

E quell'atto che si compie con grande cura ed aspettativa per le sue conseguenze e per la rispettiva ricompensa, ispirato dal desiderio egoistico e dall'egotismo, procede dal *guna rajas*.

E quell'atto che si compie senza preoccuparsi se sia un'azione buona o cattiva, senza curarsi affatto degli effetti negativi o nocivi che possa avere sugli altri, quello che viene compiuto in stato d'ignoranza, stupidità o follia, procede dal *guna tamas*.

Quell'agente che è libero da egoismo e da orgoglio personale, forte e risoluto, che non guarda al frutto delle sue buone azioni, né ambisce a ricompense di sorta, è mosso dal *guna sattva*.

E quell'agente che è pieno di desiderio, passione e speranza di guadagno egoistico e ricompensa, avaro, mancante di simpatia, impuro e servo della gioia o del dolore, è mosso dal *guna rajas*.

E quell'agente che è stupido, pigro, disattento, testardo,

indiscreto, inaccurato, inerte e tardo, e che manca di energia e del giusto spirito nel lavoro, è mosso dal *guna tamas*.

Oltre a questo, o Arjuna, Principe dei Pāndava, mio caro e dilettissimo allievo, fai bene attenzione a ciò che ti dirò, chiaramente e senza riserve, circa le triplici divisioni e la natura dell'intelligenza e della volontà.

Quell'intelligenza che sa come e quando intraprendere un'iniziativa e come e quando ritrarsene; che sa ciò che si deve fare e ciò che bisogna astenersi di fare; consapevole di cosa siano paura, impavidità e prudente cautela, di quel che siano libertà, schiavitù e folle licenza, tale intelligenza ci perviene tramite il *guna sattva*.

E quell'intelligenza che non conosce pienamente ciò che è convenevole e ciò che non lo è, ciò che è giusto e ciò che è sbagliato, questa imperfetta comprensione manifestandosi per influenza del desiderio personale e della passione, che fa deviare la ragione e fa vedere ogni atto alla luce del suo desiderio personale, tale intelligenza ci perviene tramite il *guna rajas*.

E quell'intelligenza che, avvolta nella sua densa stupidità e pigrizia, scambia il torto per il diritto, l'ingiustizia per la giustizia, e vede tutte le cose bieche, contorte, invertite e contrarie al loro vero significato ed alla loro natura, tale intelligenza ci perviene tramite il *guna tamas*.

Quella volontà per cui un uomo domina e controlla se stesso, la sua mente, le sue azioni, i suoi organi ed il suo corpo, con devozione e fermezza, tale volontà sorge dal *guna sattva*.

E quella volontà mediante la quale un uomo è fermo e persistente nel suo operato, mosso però da desideri egoistici e da speranza di ricompensa, e che viene impiegata nel favorire iniziative imperniate sull'avarizia, oppure nella gratificazione della propria concupiscenza, tale volontà sorge dal *guna rajas*.

E quella volontà per cui un uomo manifesta una mente ostinata come quella di un asino selvatico, e per la quale si tiene avvinto alla follia, all'ignoranza, alla pigrizia, alla superstizione, alla bigotteria, alla folle vanità, all'ozio ed alle paure, tale volontà sorge dal *guna tamas*.

Ed ora, o Principe, ascoltami, ché ti farò conoscere la triplice divisione del piacere, mediante la quale la felicità conquista il dolore.

Il piacere che procede dal *guna sattva* è quello che un uomo ottiene per mezzo del suo lavoro e delle sue buone energie. Esso è come veleno al principio e come nèttare dal più dolce sapore alla fine; ed è questo il piacere del giusto conseguimento, il quale ha la sua sorgente nel lavoro bene eseguito, ed è possibile solo per colui che possegga una pura comprensione ed una mente chiara.

Il piacere che procede dal *guna rajas* è quello che un uomo sperimenta mercé l'unione dei sensi con gli oggetti del loro desiderio. Esso è come nèttare al principio ma amaro come veleno alla fine, ed appartiene alla natura della passione e del desiderio.

Il piacere che proviene dal *guna tamas* è quello che un uomo ottiene attraverso l'ozio, l'indolenza, la sonnolenza, l'assunzione di droghe e l'intossicazione. Esso è come veleno tanto al principio che alla fine, ed appartiene alla natura dell'oscurità, della pigrizia e della stupidità.

Sì, la manifestazione dei tre *guna* o qualità si trova ovunque sulla terra e nelle regioni al di sopra della terra. Non vi è creatura o cosa creata sulla terra o fra le schiere super terrestri che sia libero dell'azione dei *guna* o qualità, che sorgono dal seno della natura.

I doveri delle varie caste, classi e divisioni di genere fra gli uomini, sono determinati da questi *guna* o qualità, che sono insiti nella natura di ciascuno.

La casta sacerdotale, dei *brāhmana*, ha il dovere della serenità, del dominio di sé, del fervore, della purezza, della pazienza, della rettitudine, della saggezza, dell'apprendimento e della conoscenza religiosa.

La casta dei guerrieri, degli *ksatriya*, ha il dovere del coraggio, della prodezza, della fortezza, dell'onore, dell'obbedienza, della disciplina, della nobiltà e della condotta militare.

La casta dei coloni, dei *vaisya*, ha il dovere dell'industriosità, della conoscenza del suolo, dei grani, dei frutti, del bestiame, nonché della conoscenza del commercio e della compravendita. La casta dei lavoratori manuali, degli *sūdra*, ha il dovere del servizio fedele, dell'industriosità, dell'attenzione, della fedeltà e dell'onestà. Ed ogni dovere è ispirato e nutrito dalla disposizione naturale di ciascuno, la quale scaturisce dai *guna* o qualità, e giunge all'uomo attraverso i suoi passati pensieri, desideri e vite, nella forma del suo carattere.

Beato è colui che compie la sua opera nel miglior modo che gli è possibile, che adempie fedelmente il suo dovere secondo la sua natura e le sue condizioni di vita, giacché da tale lavoro bene svolto, accoppiato ad un animo contento, sorge la perfezione.

Ascolta, o Arjuna, mentre ti spiego come fa ad acquistare la perfezione colui ch'è intento al suo dovere e fedele al compimento di questo.

Chi fa del suo meglio nello svolgimento del proprio dovere ed offre quindi la sua opera, la fatica, il dovere quale sacrificio allo Spirito assoluto, dal quale procedono tutti i princìpi della natura, della vita e dell'universo, e da cui si espande la vita universale in tutte le sue forme, fogge e gradi di manifestazione; colui che opera ed assolve il suo compito con tale spirito, in verità ti dico che ottiene la perfezione a motivo di tale servizio e sacrificio. È questo il supremo sacrificio della vita, che ogni uomo deve offrire alla supremaFonte della vita.

Molto meglio è per l'uomo compiere il proprio dovere nel mondo, quand'anche si tratti di un lavoro umile e non esente da difetti, che non il dovere di qualcun altro, ancorché si tratti di un lavoro importante e ben eseguito. Chi fa ciò che deve ed opera nel modo indicatogli dalla sua natura e dal suo proprio carattere, non erra. Chi in ciò segue la guida della natura, opera bene.

L'inclinazione naturale verso l'occupazione e il modo di vivere, quando sia congiunta all'abilità di adempierla, è degna di essere perseguita e diviene in tal modo un dovere. E poi, ricordino tutti che ciascuna vocazione, occupazione, dovere, maniera o tipo di vita, ha il suo lato doloroso, i suoi ostacoli e i suoi impedimenti. Ricordino tutti che non vi è fuoco senza fumo, e che è follia immaginarsi essere il proprio compito ilpiù difficile, e i compiti degli altri esenti da difetti e da difficoltà.

Chi ha una mente senza attaccamento, non affetta dalle coppie di opposti, la cui mente è controllata, il cui sé personale è padroneggiato, i desideri del quale sono morti, ha acquistato mediante la rinuncia la massima perfezione della libertà. Egli ha ottenuto la libertà dal lavoro, svolgendo il lavoro senza desiderarne i frutti.

Ora ascolta, ti dirò come un tale individuo, avendo conseguito questa perfezione, possa accedere all'eterna beatitudine.

Dopo aver purificato la sua mente e chiarificato il suo intelletto; dopo essersi reso padrone del suosé personale con ferma risoluzione, ed avere rinunciato agli oggetti dei sensi; dopo essersi liberato dal desiderio, dal sentimento d'antipatia e dalla passione; adorando con intelligente discrezione e comprensione; mangiando con moderazione e temperanza; controllati il discorso, il corpo e la mente; ben esercitato nella meditazione e nella concentrazione; spassionato; essendosi liberato da ostentazione, egotismo, tirannia, vana-gloria, concupiscenza, collera, avarizia, avidità ed egoismo; in possesso di calma e di pace; in mezzo alla febbrile irrequietezza del mondo che lo circonda, un tale uomo è adatto ad entrare nella coscienza della vita universale.

E penetrato che sia in tale coscienza della vita universale, ottiene la pace assoluta della mente, e non si meraviglia, né desidera, né si lamenta più. Equanime riguardo a tutti gli esseri e le cose, giacché tutti gli esseri e le cose sono lo stesso per lui, egli consegue la suprema devozione verso di Me.

E con tale devozione per Me, ottiene la cognizione fondamentale di ciò che Io sono nella mia Essenza. Ed avendo conosciuto cosa sia la mia Essenza, egli entra senza impedimenti od ulteriori ostacoli nel mio Essere.

Sappi inoltre, o Principe, che un uomo, da qualsiasi lavoro sia preso, qualunque azione stia effettuando con fede, devozione e fiducia in Me, se riporrà in Me, e Me solo, la sua fede, la sua speranza, la sua fiducia e la sua mente, troverà la sua via verso di Me ed Io verso di lui.

Perciò, o Arjuna, mio diletto, riponi in Me il tuo cuore, la tua anima e la tua mente. Compi tutti ituoi atti, e il lavoro, e il dovere, per Me. Riponi in Me tutte quante queste cose. Fa' di Me la tua suprema scelta e preferenza, e, con la luce del tuo intelletto dispiegato, pensa seriamente e costantemente a Me. E così facendo, attraverso il mio divino amore, supererai e conquisterai tutte le difficoltà che circondano ed insidiano i mortali.

Ma guarda bene che nell'orgoglio della personalità tu non trascuri le mie parole ed i miei insegnamenti, per- ché se così dovessi fallire nella tua comprensione e discriminazione, allora tu ti sottrarrai a Me ed Io a te.

E, se nella tua autosufficienza e mezza saggezza, tu dovessi dire a te stesso: «Io non voglio combatte- re», allora proprio quella tua determinazione ti si dimostrerà vana e fallace, giacché poi proprio il principio, le qualità e il carattere della tua natura ti obbligheranno ad entrare in lizza ed a lottare contro i tuoi nemici.

Sì, o Principe, anche ciò che, nella tua illusione e per tuo capriccio personale, credi di non dover fare, proprio quello il tuo carattere, la tua natura e le tue qualità ti costringeranno a fare. Dal dovere non vi è via d'uscita: ti trovi entro la sua rete senza nulla poter fare. Legato al tuo *dharma*, o dovere, dal tuo *karma*, ovvero la legge di causa ed effetto, che ti deriva dalle tue passate vite, e della cui essenza consistono la tua natura ed il tuo carattere, con le loro qualità e tendenze, nondimeno sei libero, ma in una sola direzione, che è quella del dovere naturale, ancorché tu possa, nella tua ignoranza, cercare d'evitarla.

Sappi, o Arjuna, che entro il cuore di ogni essere dimora Īsvara, il maestro, il quale fa sì che tutte le co- se girino sulle ruote del tempo. Egli è il vasaio sulla cui ruota girano queste forme e figure, le quali sentono iltocco del suo dito mentre egli le modella dando loro forma.

Rifugiati in Lui ed in Lui solo, o Arjuna, in ogni occasione della tua vita, in tutte le tue azioni ed imprese, giacché in Lui soltanto troverai pace e felicità, nonché un sicuro rifugio che durerà per sempre.

In quest'insegnamento della verità, Io ti ho messo a parte di una conoscenza che è come un mistero di misteri, un segreto di segreti, una verità di verità. Pondera bene tutto questo, o Principe, e quando giungerai a comprenderlo in pieno, agirai come meglio ti sembrerà alla luce del tuo intelletto illuminato.

Ed ora, o Principe dei Pāndava, Arjuna mio diletto studente, ascolta i miei insegnamenti ulteriori, supremamente misteriosi, che ti rivelerò per il tuo bene e per l'amore ch'Io ti porto.

Dai a Me il tuo cuore, la tua mente, la tua anima, il tuo intelletto, il tuo pensiero, il tuo interesse e la tua attenzione, o Arjuna mio diletto. Poni tutto in Me, che ti ho rivelato il mio vero Essere. Servi solo Me; adora solo Me; inchinati solo a Me; ed Io ti garantisco, o mio amato, che verrai sicuramente a Me.

Abbandonando ogni altro insegnamento, filosofia, scienza e religione, corri solo a Me. Non ti addolorare ed angustiare più, o Arjuna, poiché Io certamente ti affrancherò da tutti i peccati, da tutte le trasgressioni e da tutte le mancanze.

E ora una parola finale di avvertimento, o Arjuna: che essa sia ascoltata da te e da coloro che ti segui- ranno, in modo che possiate comportarvi in conformità ad essa. Sappi che questi miei insegnamenti non devono in alcun modo essere rivelati a coloro che non siano riusciti a soggiogare il loro corpo con la devozione o non siano miei servi; né a coloro che non siano disposti e desiderosi d'acquistare la saggezza; né a coloro che mi disprezzino.

Quelli che insegneranno questa divina sapienza, questo supremo mistero, a coloro che sono miei servi, e che, praticando la vera devozione a Me, li istruiranno affinché possano sempre servirmi, verranno certamente a Me.

E ascolta le mie parole, o Arjuna: nessuno fra gli uomini potrà usarmi maggiore benevolenza di colui che insegnerà e propagherà la verità; e nessuno sarà più di costui caro a Me.

E se fra coloro che verranno dopo di te in tutte le lunghe età, finché la notte di Brahmā non avrà spazzato via tutte le forme, vi saranno alcuni che leggeranno, intenderanno e studieranno questi insegnamenti che ti ho oggi resi noti, come pure le parole che tu hai detto a Me ed alle quali ho risposto, costoro opereranno saggiamente, giacché in verità considererò un tale agire come adorazione di Me, e un tale culto Io accetterò quale sacrificio. E la devozione del loro spirito salirà fino a Me. È questa la mia promessa.

Ed anche colui che ascolterà questi insegnamenti con fede e senza oltraggiarli avrà posto i piedi nella direzione del sentiero che conduce verso la felicità e la pace, e, durante i suoi periodi di riposo, gli sarà accordato di accedere alle regioni dove hanno dimora coloro che hanno compiuto rette azioni e rette opere.

Hai tu bene udito e ti ricordi queste parole che ti ho detto, o Arjuna? Hai tu ascoltato con la mente assorta e fissa in Me? Che cosa ne è stato della confusione e dello sviamento di pensiero che sorgevano dalla tua ignoranza e dalla tua illusione, o Principe?

ARJUNA: Per il tuo divino potere, o Immutabile, o mio Beato Signore e Maestro, la mia mente si è liberata dalla sua confusione, ed io vedo ora chiaramente ed alla luce dello Spirito. Sono ormai definitivamente fermo sui princìpi, e i miei dubbi si sono dissolti nel vento. Da questo momento in poi agirò alla luce dei tuoi insegnamenti. Nel fulgore della tua sapienza procederà la mia opera!

Allora in conclusione così parlò Sañjaya a Dhrtarāstra, il cieco re dei Kuru al quale aveva raccontato questo meraviglioso dialogo fra Arjuna, il Principe dei Pāndava, e Krsna, il Beato Signore e visibile manifestazione in forma personale dello Spirito Assoluto:

Adesso, o Dhrtarastra, hai udito le stupende parole che io stesso potei cogliere da questa conversazione fra Krsna e Arjuna.

Con il favore di qualche alto essere mi fu dato di udire e di ricordate questa mistica e mirabile dottrina, questo insegnamento venuto fuori dalle stesse labbra di Krsna.

Ricordando di continuo questa santa conversazione, mi sento colmo di grande gioia e di felicità.

E quando rievoco la forma misteriosa di Krsna, mio Signore, sono ancora più stupito ed allietato.

Ovunque succederà che queste parole di Krsna, il Signore, e di Arjuna, il Principe, siano viste, lette e comprese, allora anche lì non potranno esservi che prosperità, acquisizione, felicità, beatitudine e pace. Suciò non ho alcun dubbio: è questa la mia convinzione.

Qui finisce la parte XVIII della Bhagavadgītā, intitolata «Rinuncia e libertà».
E siamo con ciò giunti al termine della Bhagavadgītā, ovvero del Messaggio del Maestro, che, quando siaben compreso, apporterà, a tutti coloro che lo leggeranno o l'udranno, la pace e la saggezza interiore.
La pace sia con voi tutti!
"OM"

Printed in Great Britain
by Amazon